Волчиха

Павел Засодимский

Волчиха

ISNB: 978-1-64439-571-4

СОДЕРЖАНИЕ

ВОЛЧИХА

И слышится начало пѣсни, но напрасно...
Никто конца ея не допоетъ.

М. Л.

ГЛАВА I

Ночь наканунѣ Покрова дня

Темная осенняя ночь спустилась надъ Верейкинымъ,

Черныя тучи тяжело ползли по поднебесью, то разрываясь клочьями, то сливаясь въ одну дымчатую массу. Порывистый, юго-западный вѣтеръ нагонялъ тучи — и мракъ, окутывавшій небеса и землю, все болѣе и болѣе сгущался. Дождь то моросилъ, то принимался хлестать ручьями, то снова стихалъ не надолго. Съ глухимъ шумомъ проносился по деревнѣ вѣтеръ, постукивая на своемъ пути стрехами, ставеньками, досками караульными и стаскивая съ кровель гнилую солому, со свистомъ несся за околицу, огибалъ риги и сараи, неистово срывалъ въ рощѣ послѣдній, трепещущій листъ съ осины, дорывалъ орѣшникъ, подымалъ съ земли давно опавшіе красно-желтые листья рябилъ и черемухъ и, покрутивъ ихъ въ воздухѣ, какъ бѣшеный, разметывалъ по сторонамъ, бушевалъ на просторѣ по полямъ и оврагамъ и воемъ-ревомъ отдавался въ глубинѣ сосѣднихъ лѣсовъ. Гнулись старыя вербы, жалобно поскрипывая, наклонялись надъ тинистымъ, зацвѣтшимъ прудомъ своими обнаженными вѣтвями...

Огни въ избахъ погашены, только въ оконцахъ постоялаго двора свѣтъ свѣтитъ и изъ растворяющихся по временамъ дверей вырываются крики, громкій говоръ, покрываемый пѣснью, и бренчанье балалайки.

Тамъ, въ просторной, высокой и грязной избѣ собралась большая компанія. Оплывшая сальная свѣча, воткнутая въ низенькій покрившійся подсвѣчникъ изъ красной мѣди, стоитъ въ переднемъ углу на столѣ, у божницы, и тускло свѣтитъ въ душной и спертой атмосферѣ, пропитанной запахомъ махорки, лука и смазныхъ сапоговъ. Вокругъ этого инвалида-подсвѣчника валяются въ разброску хлѣбныя корки, ножи, два стаканчика и разбитый полуштофъ.

По одну сторону, около двери, ведущей на другую половину, сидитъ сама хозяйка, содержательница Верейкинскаго постоялаго двора — женщина лѣтъ подъ тридцать, красивая, стройная, съ смуглымъ, выразительнымъ лицомъ, одѣтая довольно щеголевато — въ сѣрый сарафанъ и въ бѣлую съ красной прошивкой рубаху. Сидитъ она, откинувшись небрежно къ стѣнѣ и наклонивъ немного на бокъ свою хорошенькую, голову; волосы, какъ смоль черные, свѣсились на лобъ и нѣсколько змѣистыхъ прядей разсыпалось но разгорѣвшейся щекѣ; томно проглядывали глаза изъ-подъ густыхъ, полуопущенныхъ рѣсницъ. Сладострастнымъ обаяньемъ вѣяло отъ этой женщины, полной красоты, здоровья и силъ.

Въ тѣни у окна виднѣлся мужикъ — широкоплечій, коренастый, съ огромной, всклокоченной головой, въ синей пестрядинной рубахѣ и въ коричневомъ, сильно-обдерганномъ кафтанѣ. Мужикъ этотъ сидѣлъ, прижавшись къ почернѣлой стѣнѣ, и, облокотясь на подоконникъ, смотрѣлъ черезъ стекло на улицу, только изрѣдка въ полъ-оборота взглядывая на веселую компанію. За нимъ на лавкѣ растянулся какой-то верзила въ сѣрмягѣ и оралъ что-то невообразимо дикое. Три парня сидѣли на лавкѣ — и одинъ изъ нихъ лихо наигрывалъ на трехструнной балалаечкѣ; ему подтягивали. Порой одинъ изъ молодцовъ пускался и въ присядку, если ужь больно за живое задѣвало. Въ дальнемъ уголку, куда смутно достигалъ свѣтъ сальнаго огарка, пріютился старикъ — церковный сборщикъ; его худощавое, желтое, морщинистое лицо съ длинною, серебристою бородой по временамъ выступало изъ мрака и вновь, какъ призракъ, пропадало.

— День-то какой заутра! А они... Охо-хо, прости Господи! шепталъ неслышимо сборщикъ, позѣвывалъ и, отворотившись отъ гулякъ, творилъ крестное знаменіе и изъ-подлобья оглядывалъ избу.

Непогода загнала его въ такой вертепъ. Непріятно сборщику,

неловко и боязно — да, вѣдь, не подъ дождь же идти, не проводить ночь на такомъ вѣтрѣ: онъ старъ и хиль, не прежняя молодая пора; усталое тѣло проситъ тепла и покоя. Хоть притонъ и не пригожъ, да все-таки притонъ: ни вѣтеръ, ни дождь не беретъ,— а по утру, когда станетъ уходить — утро же недалеко — онъ и прахъ отрясетъ отъ ногъ своихъ, переступая порогъ этого нечистаго мѣста. Его присутствіе нимало не смущало веселившихся: струны балалайки чуть не порывались — такъ старался паренекъ... На полатяхъ расположились извозчики, остановившіеся на ночлегъ и, свѣсивъ головы, смотрѣли на происходившее внизу.

Гвалтъ въ избѣ стоялъ немалый.

— Коли же они дрыхнуть-то будутъ? Али до свѣту продурятъ этакъ? разсуждали извозчики, не безъ досады, не безъ интереса взирая на разгулье съ высоты палатей. Они не прочь бы и соснуть: день-то умаялись тоже по такой дорожкѣ, идучи съ обозомъ — да въ избѣ-то больно забавно и угомониться не можно.

Щелеватый полъ трещалъ, вздрагивалъ дубовый столъ и прыгало все, что лежало и стояло на немъ; дрожали оконницы, заглушался шумъ вѣтра на улицѣ, когда лихой, разудалый молодецъ пускался въ плясъ съ громомъ, стукомъ, съ присвистомъ.

— Распотѣшь-ка, Авдотья Васильевна! Пляcни.... началъ одинъ изъ молодцовъ, взглядывая на хозяйку своими маслянистыми глазками.

— Еще что выдумаешь! насмѣшливо возразила хозяйка и сбросила со стола таракана, упавшаго съ закоптѣлаго потолка.— Этакъ ноги отпляшешь совсѣмъ.... добавила она, немного погодя.

— Послѣдній разочекъ! Вотъ, ей богу! Больше и просить нестанемъ! умолялъ парень, облизывая свои толстыя губы. Ты то попомни — завтра базаръ большой...

— Хоть бы и того больше! упорствовала хозяйка.

— Мы, значитъ, Васильевна, съ тобой и того... по лавочкамъ-то... Парень вмѣсто окончанія фразы подмигнулъ и остался, очевидно, въ полнѣйшей увѣренности, что выполнилъ свой маневръ чрезвычайно выразительно.

Хозяйка поднялась. Горделиво посмотрѣла она на окружающихъ, словно чувствуя, что красота ея надо всѣмъ верхъ беретъ, что она въ этой закоптѣлой избѣ, какъ звѣзда въ небѣ ясная... Откинувъ назадъ свои черные волосы, она пошла плясать и запѣла сильнымъ, звучнымъ контральто — и пѣснь ея звучала страстью, горячимъ, трепетнымъ желаньемъ.

Мужики на полатяхъ, тиская другъ друга въ бока, толковали:

— Ишь ты, что дѣлаетъ!... Нашимъ бабамъ и во вѣки вѣковъ этакихъ колѣнцевъ не выкинуть... Глядит-ка! Э-эхъ, да ну!

Парень, игравшій на балалайкѣ, пришелъ въ такой азартъ, что разомъ оборвалъ двѣ струны; струны дрогнули, звуки замерли... Старикъ-сборщикъ незамѣтно сотворилъ крестное знаменіе, а парень съ безмолвствующей балалайкой въ рукахъ пустился отплясывать вмѣстѣ съ хозяйкой. Задребезжали стекла и посуда, ходенемъ заходила чашка хлѣбная на поставцѣ.

— Ну, робята! Шабашъ да и полно! Комедь!... рѣшилъ голосъ съ полатей.

Но вотъ наконецъ плясунья остановилась передъ косматымъ человѣкомъ, сидѣвшимъ у окна.

— Ты чего, Митюха, навалился-то тутъ, на самой оконницѣ? крикнула она, запыхавшись и переводя духъ.— Проломи стекло-то... добавила она и отвернулась.

Митюха лѣниво обернулъ голову. Его сѣрые, ястребиные глаза хмуро-холодно глянули на честную компанію изъ-подъ густыхъ, почти сросшихся бровей, какъ бы мимоходомъ скользнули по хозяйкѣ и затѣмъ опять устремились на улицу, въ ночную мглу.

Хозяйка, отуманенная пляской и виномъ, повалилась на лавку.

Вдругъ постучались въ окно; къ окну обратились глаза всѣхъ. Тамъ, съ улицы въ темнотѣ мелькнуло чье-то лицо и при наступившей тишинѣ можно было разслышать слова: "Ночевать можно... съ конями?"... Митюха поднялъ окошко.

4

— Отколева? спросилъ онъ, вглядываясь въ пришельца.

— Съ Горбачева... съ работой! Привезъ писаря... отвѣчали съ улицы.

— Да это — Скорбѣевъ Алексаха! Онъ и взаправду! крикнулъ одинъ изъ молодцовъ.— Погоди! Отворимъ...

Спустя нѣсколько минутъ, въ избу вступилъ и новопрiѣзжiй, поставившiй лошадокъ къ сѣну и все заправившiй, какъ слѣдуетъ.

— Съ чего къ намъ-то приворотилъ? обратилась къ новому гостю хозяйка.— Вѣдь вы съ батькой-то все у Митрошки приставали...

А гость, между тѣмъ, перекрестившись трижды и мотнувъ головой на образа, пробирался къ печкѣ.

— Достучаться не могъ: возилъ, возилъ кнутовищемъ-то... объяснилъ онъ.— Разоспались ужь больно... А здѣсь огонь завидѣлъ и привалилъ...

Пареньки запѣли "солнце на закатѣ", опять поднялся крикъ и шумъ.

Новоприбывшiй былъ молодецъ лѣтъ 20, съ добрыми, голубыми глазами, съ свѣтлыми кудрями, съ небольшой русой бородой и усами и вообще наружности открытой и симпатичной. Онъ, видимо, былъ смущенъ всѣмъ тѣмъ, что встрѣтилъ на постояломъ дворѣ въ такой неурочный часъ.

— Не хоть ли водки? предложила ему хозяйка, зорко слѣдившая за тѣмъ, какъ онъ разоблачался и вѣшалъ къ печкѣ свой измокшiй кафтанъ и отряхалъ шапку.

— Спасибо! отвѣчалъ гость.— Эфтимъ баловствомъ не занимаемся...

— А я такъ пью! Да еще вона какъ!... Хозяйка засучила рукавъ и, обнаживъ такимъ образомъ свою бѣлую, полную руку, опрокинула себѣ въ ротъ стаканчикъ зеленоватой влаги.

Молодой ямщикъ отвернулся и разсматривалъ свое кнутовище, словно бы только что въ первый разъ увидалъ его. Хозяйка

5

взглянула изъ-подъ своихъ темныхъ рѣсницъ на его опущенную голову, взглянула всколзь, но какъ-то очень странно, потомъ злобно и дико повела глазами и глухо повторила: "а я пью!" Степенность и воздержность ямщика точно ее обижали — и вотъ она, какъ бы изъ желанья досадить ему, повторяетъ: "а я пью!"

— Молодчина-ти, Васильевна! прикрикнули ребята.

— Чего горло-то дерете? огрызнулась хозяйка и опять искоса посмотрѣла на бѣлокурую, паклоненную голову. Хозяйка одернула у рубахи воротъ и провела рукой по лбу.

— Звать-то тебя какъ? спросила она и, пошатываясь, подошла къ ямщику.

— Александръ, отвѣчалъ тотъ, подымая голову и смотрѣлъ не на разгорѣвшееся лицо Авдотьи Васильевны, а прямо въ печную заслонку.

— А величанье-то?

— Андреевъ, процѣдилъ сквозь зубы ямщикъ, и впервые съ безпокойствомъ взглянулъ на стоявшую передъ нимъ женщину. Тревожно встрѣтились на мгновенье, его глаза съ темными глазами хозяйки, горѣвшими страстнымъ блескомъ; ему, словно, было страшно и больно глядѣть въ черные глаза, лихорадочно, настойчиво впивавшіеся въ него. Ямщику казалось, что эти дьявольскіе глаза насквозь прожигаютъ его, въ душу заглядываютъ и видятъ все, что есть на душѣ...

— Ну-ка, Александръ, спой намъ что ни на есть! пробормотала хозяйка.

— Ничего не пою, отозвался Александръ и тревожно глянулъ въ сторону.

— Эхъ ты, святоша! Чего ты дуешься-то? Не укушу... крикнула хозяйка и, наклонившись къ ямщику, хватила его по спинѣ ласково, но довольно крѣпко. Ея трепещущія груди почти касались его плеча... Горячее дыханіе обвѣвало Александра...

— Не балуй!... заговорилъ парень несвязно, весь вспыхнулъ и старался отшатнуться отъ хозяйки, какъ отъ огня. Онъ находился въ нерѣшимости: что лучше — надуться ли ему или улыбнуться?— Такъ вотъ и хвачу!— Александръ тряхнулъ арапникомъ и хлестнулъ по полу.

— Охъ ты, дурья голова! Баба сама лѣзетъ, а онъ — ременницей! Охъ, голова!... языкъ Авдотьи Васильевны начиналъ уже запинаться. Вдругъ она громко захохотала, злою улыбкою скривились ея губы — и она тяжело опустилась на лавку.

Митюха съ ядовитой усмѣшкой посмотрѣлъ на ея раскраснѣвшееся лицо, точно хотѣлъ промолвить: "что взяла!"

Но вотъ посреди веселыхъ пѣсенъ и пляски, посреди всего этого гвалта и шума раздался ударъ колокола. Торжественные, густые звуки не успѣли еще замереть въ воздухѣ, какъ прокатился другой ударъ, затѣмъ третій... Отчетливо, мѣрно загудѣлъ колоколъ. Словно чудомъ преобразилась пьяная, разгульная компанія: всѣ сотворили крестное знаменіе, всѣ, точно сговорясь, посмотрѣли въ передній уголъ, откуда темнѣлъ ликъ чудотворца Николая, осѣненный мѣднымъ вѣнчикомъ.

— Къ заутренѣ! проговорилъ одинъ изъ молодцовъ, принимаясь опоясываться и разглаживать ладонью свои взбившіеся волосы.

— Темень-то какая! проворчалъ Митюха, едва перекрестивши свой морщиноватый лобъ и смотря пристально въ окно.

На полатяхъ началось движенье. Поднялся сборщикъ изъ угла и сталъ натягивать себѣ на плечи свой кожаный мѣшокъ, оборонилъ сучковатую палку и закашлялся. Хозяйка сидѣла неподвижно у стола, положивъ голову на руки и закрывъ лицо. Волосы ея ужъ совсѣмъ распустились — малиновая ленточка, придерживавшая ихъ, валялась на полу — волосы разсыпались по ея спинѣ, по плочамъ... Тяжело дышала Авдотья Васильевна, словно ее что душило... Молодой ямщикъ на нее украдкой взглядывалъ, робко, боязливо — и тѣнь пробѣгала по его лицу; онъ взглядывалъ на ея черные волосы, упавшіе на столъ, на ея бѣлую шею, сквозившую изъ-подъ рубахи.

Изба опустѣла, а колоколъ гудѣлъ и гудѣлъ надъ Верейкинымъ, съ котораго ночь не сняла еще своихъ мрачныхъ покрововъ — лишь но горизонту навостокѣ забѣлялась полоса.... Но для Авдотьи Васильевны всходило уже солнце, ясный день занимался въ ея небѣ... Сквозь сіянье первыхъ лучей этого дня ей рисовался свѣтлый образъ милаго юноши съ голубыми глазами... Она поднялась и еще въ чаду похмелья, пошатываясь, подошла къ окну, отодвинула раму и высунулась въ окно... Сырой, холодный воздухъ пахнулъ на нее, онъ обвѣвалъ ее, отрезвлялъ, успокоивалъ ея взволнованную кровь... Авдотья Васильевна поглядѣла на улицу: на пригоркѣ бѣлая церковь съ ярко-освѣщенными окнами едва еще выступала изъ темноты при слабо брезжущемъ разсвѣтѣ октябрскаго утра... Вѣтеръ стихъ — и надъ Верейкинымъ межъ разорвавшихся облаковъ сіяли золотыя звѣзды...

ГЛАВА II
Чаровница

Авдотья Васильевна родилась въ Верейкинѣ и, рано оставшись круглой сиротой, не запомнила ни отца, ни матери. Досужимъ праздничнымъ вечеркомъ, когда обитатели Верейкина высыпали на улицу, ее бывало съ усмѣшкой спрашивали добрые люди: кто у нея батька? Дуня не знала, кто у нея батька — и не давала отвѣта добрымъ людямъ. Но тутъ же какая нибудь старушонка, не то съ презрѣніемъ, не то съ сожалѣніемъ покачивая головой, замѣчала: "Кажиный мужикъ — тебѣ батька"...

Сиротку пріютилъ какой-то дальный ея родственникъ по матери, одѣвалъ ее, какъ умѣлъ, кормилъ, чѣмъ могъ, и билъ сколько и когда хотѣлъ. Изрѣдка по праздникамъ бѣгала она изъ своей убогой хатки въ сосѣднюю усадьбу въ гости къ теткѣ, занимавшей въ барскомъ домѣ мѣсто ключницы. Тотъ праздникъ, когда Дунѣ удавалось урваться въ Знаменское, былъ для нея истиннымъ праздникомъ: тетка снабжала ее огрызками сахара, кусочками булокъ или пироговъ и сверхъ того, если барыни не было дома, водила ее по большимъ комнатамъ — и Дуня съ великимъ изумленіемъ осматривала себя въ зеркалѣ съ ногъ до головы, примѣчала свой образъ на полу и робко оглядывалась на двѣ гигантскія тѣни — ея и тетки, которыя росли и тихо двигались за ними по бѣлымъ стѣнамъ пустыхъ покоевъ. Иногда она ходила съ теткой по саду — тутъ тоже много видѣла она никогда прежде невиданнаго: сѣрыя статуи съ разбитыми головами и руками, забытый фонтанъ, бесѣдки необыкновенныя, мостики съ цѣпями... Много Дуня приносила розсказней въ деревню, долго описывала она, съ прикрасами собственной фантазіи, видѣнныя ею диковинки: и доски свѣтлыя, въ которыхъ все видно, и скользкія, какъ ледъ, полы, и столбы каменные въ комнатахъ и чудеса стариннаго сада...

По четырнадцатому году тетка взяла ее къ себѣ, съ дозволенія старой барыни. Поселившись въ господскомъ домѣ, Дуня могла видѣть ежедневно тѣ чудеса, которыя сводили ее прежде съ ума, и перестала дивиться; изъ дикой она скоро сдѣлалась ручной,

9

но не бойкой: забитая дѣвочка въ семьѣ, сирота взросшая въ-проголодь и никому не нужная, она и въ барскомъ домѣ явилась тихимъ, смиреннымъ существомъ, безропотнымъ и безгласнымъ. Физически развивалась она медленно, такъ что и въ 17 лѣтъ казалась еще дѣвчонкой, но старая барыня, смотря на нее внимательно, съ видомъ знатока изволила разъ замѣтить, что изъ этой pauvre gamine выйдетъ красавица... Дуня, между тѣмъ, и сама уже знала, что она хороша; объ этомъ ей говорили на деревнѣ, въ барскомъ домѣ, но объ этомъ ей всего краснорѣчивѣе докладывали большія барскія зеркала... Умственное же развитіе Дуни далеко опередило физическое: дѣвушка, будучи съизмала принуждена быть внимательною ко всему окружающему, быть на-сторожѣ, быть готовою дать всегда врагу надлежащій отпоръ, рано развила въ себѣ наблюдательность, смышленость и осторожность, доходившую до скрытности. Жалкая жизнь въ деревенской избѣ, затѣмъ переходъ въ иную сферу и жизнь съ другой обстановкой, съ другими людьми — послужили ей умственной школой; она много увидала въ Знаменскомъ...

Въ Знаменскомъ же изъ барскаго рода жили въ то время только два существа: собственно барыня-хозяйка и сестра ея, извѣстная болѣе подъ именемъ "полоумной". Лѣтомъ барскія хоромы оживали: наѣзжали изъ-за границы молодые господа, съ гостями, шумѣли, пѣли, играли, задавали банкеты, а къ осени опять куда-то скрывались въ своихъ щегольскихъ экипажахъ. Въ остальныя времена года въ Знаменскомъ было пусто и тихо, какъ въ могилѣ.

Дунею въ домѣ больше всѣхъ занималась "барынина сестра", старая дѣва. Она въ околодкѣ, какъ уже сказано, слыла за помѣшанную: никуда не показывалась, часто хворала, носила старомодное, страннаго покроя платье, и все сидѣла у себя въ комнатѣ передъ большимъ портретомъ. А на томъ портретѣ масляными красками былъ нарисованъ темноволосый, темноокій мужчина, безъ сюртука, съ разстегнутымъ воротомъ рубашки, съ книгой и пистолетомъ въ рукахъ. Мастерски было сдѣлано лицо этого красиваго брюнета: оно точно живое глядѣло съ темнаго фона полотна... У нижняго края рамы бѣлою краской было написано: 1804 годъ, мѣсяца апрѣля 26 день... Старая дѣва подолгу засматривалась на выразительное лицо мужчины, на его задумчивые глаза, которые на нее, быть можетъ, производили такое же сильное впечатлѣніе и теперь, какъ и 26 апрѣля много лѣтъ тому назадъ... Знакомыя черты, живо схваченныя художникомъ, должно быть, много-много будили воспоминаній... Да, это — одна темная исторія стараго времени.

Былъ тихій, ясный вечеръ одного изъ тѣхъ іюльскихъ дней, которые томятъ и нѣжатъ, волнуютъ и покой даютъ. Послѣдніе лучи заходящаго солнца красноватымъ отливомъ ложились на портретъ и на блѣдное лицо старой женщины, сидѣвшей по обычаю на своемъ урочномъ мѣстѣ и смотрѣвшей, облокотись о ручку кресла, на озаренный вечернимъ сіяніемъ знакомый, дорогой ей ликъ. Когда Дуня вошла въ комнату, барыня, не оборачивая головы, подозвала ее къ себѣ и, указывая на портретъ, спросила:

— Хорошъ-ли, Дуня, былъ этотъ баринъ?

Дуня, конечно, отвѣчала, что "баринъ были очень хороши". Барыня промолвила тихо "да", опять было погрузилась въ созерцаніе портрета, но, немного погодя, взяла Дуню за руку и сказала:

— Живи, Дуня! Не упускай ни одной минутки въ жизни даромъ. Веселись, забавляйся, работай, что хочешь дѣлай, только дѣлай, голубушка, все такъ, какъ тебѣ самой хочется, а не какъ другимъ надо. Понимаешь?

— Поимаю-съ! проговорила Дуня, стараясь понять слышанное. Дѣвушка удивлялась: барыня хоть и была добра къ ней всегда, но никогда еще такъ не говаривала: старуха словно преобразилась — на ея исхудалыхъ, старческихъ щекахъ игралъ румянецъ и потускнѣвшіе глаза точно прояснѣли,

— Да! Ты понимаешь меня, милая... Понимаешь... бормотала барыня и, лихорадочно-торопливо схвативъ Дуню за руку, продолжала, видимо позабывъ, что она говоритъ съ простой, необразованной дѣвочкой, взросшей совершенно въ другихъ условіяхъ, при другой обстановкѣ и для которой, значитъ, всѣ вещи кажутся въ другомъ свѣтѣ, чѣмъ ей самой.— Жизни не воротишь! Что прожито, то прожито навсегда, на вѣки вѣчные. Каждый часъ, который проведешь не такъ, какъ хочешь,— не твой часъ! Онъ потерянъ... Живи такъ, чтобы не пришлось раскаиваться, пѣнять на себя... Ахъ, скажешь, зачѣмъ я шла туда, куда меня толкали? Не туда бы слѣдовало идти... Вотъ и

11

горько будетъ. Да! Люби, Дуня, кого хочешь, кто полюбится! Люби, какъ можешь, какъ Богъ на душу положить! Люби и не думай — хорошо будетъ... Не слушайся, помни меня. Главное: не слушайся! На весь свѣтъ не угодишь... Барыня остановилась и поникла головой.

— Да вы сами-то, сударыня, для чего же такъ скучно живете? Въ гости никуда не ѣздите, и къ вамъ никто, и все такъ... осмѣлилась замѣтить дѣвушка.

— Гм. Веселье-то мое вонъ... въ могилѣ оно... проговорила уже, какъ бы нехотя, барыня и посмотрѣла на портретъ... Но тѣни вечернія уже сгущались, заря догорала, въ комнатѣ сумракъ ложился и съ темнаго фона уже тускло выглядывало блѣдно-желтое лицо. Старушка отерла слезу и со вздохомъ подошла къ раскрытому окошку, опустилась на него и принялась смотрѣть въ темнѣвшій садъ... Дуня слышала, какъ старая барыня уныло-тоскливо шептала: "Родной мой! Охъ, ты, радость моя! Зачѣмъ это?... Зачѣмъ ты идешь туда?... Ну, иди, иди!" У Дуни сердце защемило; Дунѣ жутко стало: "Баринъ-то тотъ кабы съ ней не заговорилъ!" промелькнуло у ней въ головѣ. "Такъ, вѣдь, пристально смотритъ!"

Дѣвушка юркнула изъ комнаты.

Всё, исключая Дуни, побаивались старой дѣвы; умненькая дѣвушка жалѣла ее, догадываясь, что она не столько съумасшедшая, сколько несчастная женщина. И много услыхала Дуня отъ "полоумной барыни" такого чудного, необычнаго. Старушка, когда находили на нее часы откровенія, говорила Дунѣ о какомъ-то равенствѣ, о свѣтломъ царствѣ всеобщаго мира и любви, о правѣ всѣхъ жить не по собачьи, перебиваясь какъ нибудь со дня на день, а жить привольно и счастливо. Говорила она ей и о другихъ земляхъ, о другихъ мірахъ, далеко отъ Верейкина,— о необыкновенныхъ людяхъ, о людяхъ-полубогахъ, умиравшихъ за любовь къ людямъ: дѣвушкѣ вѣрилось и не вѣрилось.... Дворовые — слыхала Дуня — говорили о полоумной такъ: "Сидитъ, сидитъ у себя въ комнатѣ-то, да и выдумаетъ какую нибудь околесную".... Но "полоумная барыня" но всегда сидѣла въ Знаменскомъ; жила она нѣкогда и въ столицѣ, среди блестящей обстановки; въ Знаменскомъ же похоронила себя съ конца декабря 1826 года.

Запомнился Дунѣ одинъ осенній, сумеречный денекъ. Въ

осеннюю непогодъ, когда холодный вѣтеръ шумѣлъ по полямъ, и сѣрыя, дождливыя облака ходили надъ Знаменскимъ, старая барыня хандрила и уединялась еще пуще обыкновеннаго. Въ саду голыя деревья уныло скрипѣли; сѣрый, тусклый свѣтъ лился въ комнату; задернутое тучами небо сыпало частымъ, мелкимъ дождикомъ.

— Охъ, Дуня, Дуня! говорила барыня, дико посматривая въ окно.— Не дружись ты съ нимъ: все это — волки ненасытные, голодные.... Помни мое слово! Всякій другому яму роетъ, въ яму валится и другого тащитъ за собой.... Такъ ужъ у нихъ заведено. Всякій завидуетъ чужому счастью и хочетъ отнять его для себя, всякій думаетъ и гадаетъ только о себѣ. Не вѣрь, Дуня! Особенно, не вѣрь друзьямъ своимъ да близкимъ.... Другъ первый отъ тебя отступится, какъ въ бѣду попадешь. А близкій.... близкій самъ тебѣ готовъ шею сломать. Когда тебя кто нибудь станетъ увѣрять, что онъ о другихъ заботится, что онъ вѣкъ любитъ — не слушай лучше! Не вѣрь, говорю тебѣ — лжетъ! Если онъ о всѣхъ заботится, всѣхъ любитъ — значитъ, насчетъ всѣхъ ихъ поживиться хочетъ.... Все лицемѣры! Заѣдальщики чужой минутной радости.... Супостаты другъ другу.... Торгаши, шпіоны.... Старушка смолкла и начала прислушиваться къ шуму дождя на улицѣ; зубы стиснулись, брови нахмурились....

Дуня ничего не спрашивала на этотъ разъ. "Сердита сегодня!" рѣшила она про себя.... Но всѣ эти и подобныя имъ проповѣди не проходили мимо ушей Дуни; западали онѣ глубоко ей въ душу и запечатлѣвались въ ея молодой памяти. Потомъ, по прошествіи многихъ, долгихъ лѣтъ, не разъ припоминалась ей старая барыня, ея безумныя рѣчи о любви, о людяхъ, о злобѣ ихъ непримиримой, о войнѣ, что ведется ежечасно, ежеминутно на всей землѣ, о жизни на свободѣ, о страсти, о наслажденіи жизнью.... Припоминались ей ея гнѣвныя рѣчи противъ какого-то человѣка, особенно для нея ненавистнаго, имени котораго она никогда не упоминала; старуха страшно проклинала его и, проклиная, вздрагивала и озиралась испуганно по сторонамъ.... Пошла ли Дунѣ въ прокъ барская мораль — читатель увидитъ впереди.

Сынъ приказчика въ Знаменскомъ думалъ на ту пору жениться, и всѣ порѣшили, что хорошенькая Дуня, какъ племянница ключницы, непремѣнно угодитъ въ приказчицы. Но вышло не такъ, какъ думали всѣ. Не нравился Дунѣ рыжій приказчикъ, а тотъ-то, дѣйствительно, былъ не прочь отъ такой невѣсты. Дунѣ воли надо было, а выйдя замужъ за крѣпостного, сама себя свяжешь; но страстная ея натура, распаленная безумными проповѣдями "старой дѣвы", не давала ей покоя.... На 20-мъ году слюбилась она съ однимъ молодцомъ изъ казенныхъ крестьянъ, разсорилась съ теткой, принуждена была удалиться изъ барскаго дома и "только что до грѣха" — какъ говорили въ деревнѣ — успѣла выйти замужъ за своего любовника.

Черезъ годъ уже Дуни нельзя было узнать. Робкая, часто краснѣвшая дѣвушка-смиренница исчезла; на мѣсто ея явилась смѣлая, страстная женщина.

— Сорвалась баба! Смотрѣть ажно срамно! говорилъ деревенскій людъ.

Авдотья Васильевна, что называется, развернулась. До сихъ поръ она ходила сгорбившись, съежившись; также точно ежились и всѣ ея стремленья и желанія. Теперь она выпрямилась и гордо и прямо посмотрѣла на міръ; страсти и желанья, такъ долго придавленныя,— выпрямились, поднялись, заговорили.... Сила отпора пропорціональна силѣ давленія.... Авдотья Васильевна загуляла. Мужъ ея, построившій постоялый дворикъ и сбиравшійся пожить ладкомъ съ молодой женой, увидалъ, что дѣло плохо: жена на всѣ его ласковыя и грозныя рѣчи и ухомъ не ведетъ, бьется и мечется, какъ степная лошадь. "Удержу ей нѣту! Словно бѣсъ вселился въ нее".... оправдывался онъ передъ своими родными, осаждавшими его многоразличными совѣтами и упрекавшими его въ слабости. Мужъ не могъ изгнать бѣса изъ жены своей и скоро умеръ, а съ нимъ и послѣдняя тѣнь зависимости изчезла для Авдотьи Васильевны.

Въ околодкѣ ее величали "вѣдьмой кіевской" и "Волчихой" (мужъ ея звался Волкомъ, а прозвище мужа перешло и къ ней послѣ его смерти). "Точно что ужъ Волчиха!" говаривали верейкинцы. Помѣщики ее звали "Синею Бородой": ловко она головы кружила обитателямъ мирныхъ весей. Да и Волчиха была хороша удивительно. Что она была хороша, зналъ это, напримѣръ, пономарь верейкинскаго прихода, тоже знала и чувствовала жена его. Пономарь этотъ только лишь женился, только-что опредѣлился на мѣсто — и первая свадьба на

Верейкинѣ, при которой ему случилось присутствовать, была свадьба Авдотьи Васильевны.... Не стало житья молодой понамарихѣ: и щи-то варитъ она не ладно, и хлѣба-то испечь не смыслитъ, и работать неумѣетъ и шлюха-то.... бѣда! А тутъ еще толки — догадки сосѣдей-прихожанъ о томъ, что мужъ, будто, за то не возлюбилъ ее, что она не въ порядкѣ замужъ пошла за него.... Пономариха крѣпилась-крѣпилась да и сама наконецъ стала было побраниваться — пономарь драться принялся; пономариха пустилась въ слезы — пономарю домъ опостылѣлъ. Причетникъ то и дѣло катитъ себѣ на постоялый дворъ, гдѣ что вечеръ — то пирушка; попивать сталъ, о службѣ не зарадѣлъ, хозяйство запустилъ. Несчетное число разъ жаловалась пономариха и священнику; священникъ уговаривалъ его опомниться и не блажить, напоминалъ кстати и о гееннѣ огненной, но все напрасно: единственнымъ результатомъ таковыхъ выговоровъ и напоминаній было то, что все тѣло доносчицы-пономарихи покрывалось кровавыми рубцами, а пономарь отъ постоялаго двора не отставалъ.... Эта адская семейная жизнь закончилась тѣмъ, что пономаря послали на покаянье въ какой-то дальній монастырь, гдѣ разъ послѣ заутрени послушникъ и нашелъ его повѣсившимся въ своей кельѣ.... Жена его и до сихъ поръ гдѣ-то умираетъ съ голода, да все еще умереть не можетъ.... Здоровье и жизнь ея разбиты.

Мужичокъ одинъ — Степаномъ звали — тоже зналъ, что Волчиха красива; съ горя по ней онъ спустилъ пріятелю-цаловальнику все свое имѣньице, какое было скоплено имъ и отцами его; по міру пустилъ свою семью — жену съ дѣтками, самъ обнищалъ, оборвался и жилъ, какъ птица, гдѣ Богъ пошлетъ. Зимой онъ отморозилъ руки хмѣльной; жена его съ дѣвочками упокоилась навѣкъ — лежатъ онѣ рядкомъ за церковною оградой, а онъ, какъ жалкая тѣнь, скитается по деревнямъ, Христовымъ именемъ пропитывается. На постояломъ дворѣ осталось его счастіе, его покой, вся радость жизни и благоденствіе его семьи....

Алешка, длинновязый парень, тоже увѣрился въ томъ, что дворничиха "больно пригожа." Когда только можно урваться, онъ тотчасъ бѣжитъ къ Авдотьѣ Васильевнѣ и сидитъ себѣ у ней. Дома отецъ ругаетъ, мать плачетъ и тоже ругаетъ, а ему до нихъ словно и дѣла нѣтъ. Отецъ старикъ жаловался было и міру, чтобы уняли Алешку; но міръ благоразумно устранилъ себя отъ вмѣшательства въ семейныя дѣла.... Отецъ послѣ того самъ

15

было хотѣлъ управиться, наставить сына уму-разуму, но сынъ чуть не убилъ его. Тѣмъ дѣло пока и кончилось....

Всѣ несчастные поклонники ругали Волчиху на чемъ свѣтъ стоитъ, а все-таки бѣжали и льнули къ ней, какъ льнетъ банный листъ къ голому тѣлу, или — если выразиться поэтичнѣе — какъ летаетъ мотылекъ вокругъ свѣчи, пока не обожжетъ своихъ крылышекъ....

Много народа знало о красотѣ Авдотьи Васильевны, но всѣхъ лучше зналъ это Митюха Бурунинъ, по прозвищу Косматый....

— Ворожитъ она, бабоньки! Вотъ тѣ истинно ворожитъ! шепчутъ про Волчиху бабы межь собой.— Глядикось! Сына противу отца возставляетъ, по міру пущаетъ крещеныхъ.... И смотритъ-то, такъ ужасть беретъ! Какъ взглянетъ этто своими черными-то глазищами — ровно, вотъ, огнемъ опалитъ....

И пошелъ въ народѣ такой слухъ, что если кто свяжется съ Волчихой — не бывать добру, не видать тому ни на этомъ свѣтѣ радости, ни на томъ прощенья....

16

ГЛАВА III

Косматый

Митюха былъ субъектъ замѣчательный. Впрочемъ такія личности выдаются въ нашемъ народѣ нерѣдко, но только проходятъ онѣ незамѣтно, какъ и многое изъ міра тѣхъ голодныхъ, злыхъ людей, которые, на нашемъ образованномъ языкѣ, называются простымъ, сермяжнымъ людомъ.

Двѣнадцати лѣтъ остался Митюха послѣ смерти отца (мать умерла еще ранѣе), выростилъ младшаго брата, поддержалъ хозяйство, женилъ брата наконецъ и жилъ съ нимъ нераздѣльно, или, вѣрнѣе сказать, состоялъ при домѣ въ качествѣ безсмѣннаго, неутомимаго батрака, самъ не думая обзаводиться женой, хоть ему и перевалило уже за тридцать; онъ, казалось, весь предался дѣламъ братнинымъ и мірскимъ.

Деревня о немъ толковала, что онъ человѣкъ "непокладный, несговорный ", т. е. по нашему сказать — безпокойный: на сходкахъ онъ шелъ почасту противъ міра, противъ мірскихъ приговоровъ, шумѣлъ и оралъ страшно. Если бы можно было подслушать, съ какимъ пренебреженіемъ, съ какою злостью разсуждали о немъ мужики по своимъ хатамъ, странно было бы видѣть послѣ того, какъ они притихали и съ какимъ вниманіемъ выслушивали его толковыя, понятныя имъ рѣчи, приправленныя бранью, остротами, пересыпанныя притчами, пословицами и поговорками. И откуда только брались у него эти рѣчи! Митюха былъ человѣкъ совсѣмъ необразованный, даже неграмотный, но общественная жизнь, сходки, споры, разсужденья были школой для него. Не даромъ съ самыхъ юныхъ лѣтъ не пропускалъ Митюха ни одной сходки безъ того, чтобы не потолковать, не погрызться съ кѣмъ нибудь... Въ первый разъ явился онъ на сходъ, когда ему еще не было 16-ти лѣтъ, и старики хотѣли было прогнать его, но онъ, къ общему ихъ удивленію, распуталъ и порѣшилъ чрезвычайно запутанный вопросъ о магазинной повинности, надъ которымъ старики не одну ужъ сходку напрасно ломали головы; Митюха настоялъ на своемъ, и съ тѣхъ поръ сдѣлался самымъ толковымъ и энергическимъ членомъ сходки и своего "общества"... Изъ-за подводъ, мостовъ и вѣчной поправки дорогъ Митюха не разъ вступалъ въ диспуты съ становымъ и даже съ самимъ исправникомъ и былъ неоднажды жестоко наказанъ за свою строптивость, за дерзость и грубіянство, но не унимался, а, точно подгоняемый какимъ-то демономъ противорѣчія, наживалъ себѣ враговъ все болѣе да болѣе между сельскимъ и городскимъ начальствомъ.

Но еще больше было у него недруговъ "своихъ", однодеревенцевъ, недруговъ тайныхъ, подколодныхъ. Открытой войны ему не объявлялось: физическая сила его была извѣстна, а передъ этою самою силой и поклонялся Верейкинскій людъ. Когда старшина въ угоду сытому большинству обижалъ какого нибудь убогонькаго бѣдняка, взваливая на него мірскую тяготу, Митюха возставалъ на притѣснителей, боролся съ азартомъ, съ пѣной у рта вырывалъ побѣду у врага. Искоса смотрѣли на него зажиточные, а бѣдняки хотя въ душѣ и любили, и уважали Косматаго, но выражать свои чувства ему не смѣли и нерѣдко шли противъ него же съ большинствомъ, въ ущербъ собственнымъ интересамъ. За это Митюха ругалъ ихъ въ лицо собаками и дубьемъ, а при случаѣ все-таки стоялъ за нихъ горой и помогалъ, чѣмъ могъ. Озорникомъ его звали за его безпокойный, придирчивый нравъ, за его рѣчи ярыя, но когда нужно было потолковать съ властями о дѣлѣ — міръ съ общаго согласія выдвигалъ впередъ Митюху и молчаніемъ подтверждалъ каждое слово рѣчистаго мужика. И тутъ Митюха позабывалъ уже о своихъ недругахъ-земляками и бросался и кидался, какъ дикій звѣрь, на большихъ своихъ враговъ, на главныхъ, на мірскихъ враговъ... Но не смотря на всѣ подобныя услуги, все-таки Митюху считали подколодной змѣей... Даже и благодарность-то къ Митюхѣ какъ-то позабывалась. Случился, напримѣръ, однажды по сосѣдству пожаръ. Загорѣлась сначала одна изба, вѣтеръ перебросилъ огонь на другую избу и пошелъ пылать весь порядокъ. Митха прибѣжалъ на пожаръ въ числѣ первыхъ и тотчасъ же, по обыкновенію, энергично принялся за дѣло... А въ толпѣ охаетъ и мечется старичокъ въ лохмотьяхъ, сѣденькой, искалѣченный, ползаетъ по землѣ въ пыли, вопитъ и молитъ добрыхъ людей достать ему съ божницы Святцы: въ нихъ у него положены 5 рублей — послѣдніе его рублики. Оталѣлый отъ испуга и горя, народъ бѣгаетъ, кричитъ, не слышитъ старика, а кто и слышитъ — не внемлетъ мольбамъ его слезнымъ... Митюха влѣзъ въ окно (изъ входной двери полымя вырывалось) и скоро выпрыгнулъ опять съ книжкой въ старомъ, кожаномъ переплетѣ и бросилъ ее старику... Въ тѣ минуты старикъ призывалъ на его голову всѣ благословенія неба...

Но скоро исторія эта позабылась.

Въ другой разъ пожарь былъ сильнѣе еще первого, случай выпалъ поопаснѣе. У одной молодой бабенки въ избѣ младенецъ остался, спалъ сердечный въ колыбели, дѣло-то случилось ночною порой. Изба уже давно горѣла и можно было ожидать каждое мгновенье, что вотъ-вотъ крыша обрушится и завалитъ колыбель съ спящимъ въ ней младенцемъ. Мать въ отчаяніи бросалась то къ одному, то къ другому и въ безпамятствѣ готова была сама кинуться въ огонь спасать отъ лютой смерти свое первое, единственное дѣтище. Всѣ окружающіе сочувствовали ея тяжкому горю, но жизнь, какъ оказывалось, была для всѣхъ мила и дорога. Митюха ужъ нѣсколько разъ сильно чесалъ себѣ затылокъ и зло посматривалъ на мужиковъ, какъ тѣ покачивали головами и песмотрѣли въ глаза молившей ихъ слабой женщины, наконецъ скинулъ шапку и проворчалъ сквозь зубы бабѣ:

— Погоди, не вой! Схожу...

Стропила трещали, лопались стекла, подламывались балки, огонь вырывался изъ-подъ крыши, облака дыма стлались и разносились по темному, ночному небу, искры сыпались и разлетались... Митюха взбѣжалъ на взъѣздъ и пропалъ въ горѣвшей избѣ. Всѣ — кто видѣли — перекрестились и рѣшили, что за Митюху Косматаго можно панихидку отслужить, потому — на добромъ дѣлѣ живота лишился, за чистую душу младенца свою душу грѣшную положилъ. Но вотъ на верху взъѣзда среди дыма и огня промелькнуло что-то черное, мелькнуло ниже... ближе... Митюха опаленный, закоптѣлый несъ ребенка, закрывъ его отъ пламени своими огромными, окровавленными ручищами... Посреди чада, огня и разрушенья онъ твердо шелъ съ своею ношей; словно не человѣческая фигура, а какая-то черная тѣнь двигалась на этомъ огненномъ фонѣ... Мать со слезами валялась въ ногахъ Митюхи...

Сдѣлай то другой кто нибудь, онъ много и долго бы разсказывалъ объ этомъ всюду, заставилъ бы и другихъ говорить о себѣ; но Митюха былъ не таковскаго десятка... Онъ не зналъ, что такое значитъ подвигъ и къ чему пригодны восхваленія людскія.

Такимъ образомъ всѣ подобные факты изъ жизни Митюхи какъ-то забывались, не забывалась только дурная слава о немъ... Онъ буянъ, задирало, неряха, Косматый онъ... И мужики и бабы много удивлялись, когда на деревнѣ сдѣлалась извѣстна связь Митюхи съ Волчихой.

— Этакій неражій, неказистый, одно слово мразь... толковали люди.— Я она-то королевна, ровно... тфу ты! Съ чего это она такого чумазаго поддѣла... Диво!

Впрочемъ, потомъ имъ стали приписывать совершеніе одного темнаго дѣла, которое, будто бы, и скрѣпило ихъ союзъ... Слухи здѣсь не передаются: мало ли-что можетъ выдумать людское недоброжелательство!..

Сватались къ Волчихѣ, подъѣзжали молодцы — и пригожіе, и богатые: одни предлагали ей сердце, другіе и руку — да Авдотья Васильевна отказывалась отъ ихъ обязательныхъ предложеній: новаго она въ нихъ ничего не видала, да и въ будущемъ не ждала; "цѣловаться-то всѣ умѣютъ"! думала она...

Прежде всего въ Митюхѣ видѣла она личность рѣзко выдающуюся изъ всего того, что вращалось передъ нею. Ее манила къ Митюхѣ дурная о немъ слава, нелюбовь къ нему всеобщая, его неустрашимость, замкнутость, дикость его. Много въ ней находилось струнокъ общихъ съ Митюхою; особенно же оба сходились они въ необузданности. Митюха, какъ загадка, внушалъ ей къ себѣ влеченіе сильное, сочувствіе, противостоять которому Авдотья Васильевна не смогла да и не захотѣла. Предпочтеніе было ясно оказано Косматому. Косматый, давно уже видѣвшій въ дворничихѣ, женщину умную, не чета деревенскому бабью, сблизился съ красавицей. Она его тоже интересовала, какъ нѣкое существо совсѣмъ изъ другого міра, да и самолюбію его очень польстило вниманіе гордой дворничихи, отвергавшей заискиванья многихъ молодцовъ, чистенькихъ, пригоженькихъ. Это же была первая женщина, которая приласкала его, первая, на грудь которой онъ склонилъ свою косматую, буйную головушку...

Когда Авдотья Васильевна сходилась съ Митюхой — она сходилась съ неизвѣстною для нея силою, съ неизвѣстнымъ міромъ скрытыхъ помысловъ, желаній и страстей. И много въ этомъ мірѣ нашлось для Волчихи милаго... Самая неуклюжесть, грубость Митюхи плѣняла франтиху-дворничиху; въ его неловкости она видѣла удаль; смѣялась надъ нимъ, не насмѣхаясь, смѣялась весело, самымъ довольнымъ, любовнымъ смѣхомъ. Сначала ей самой странною казалась любовь такого звѣря, но потомъ она уже невольно, незамѣтно поддалась обаянію той любви, той силы дикой, которою каждая жилка дрожала въ Митюхиномъ организмѣ. Но подчиненіе шло не отъ одной ея стороны, и Косматый, въ свою очередь, неожиданно очутился подъ чуждымъ вліяніемъ, межъ тѣмъ какъ до сихъ поръ еще онъ ни подъ чье вліяніе не подпадалъ. Но зависимость отъ Волчихи для него до того казалась легкою, что онъ не желалъ бы и освобождаться отъ нея... Что Митюха былъ очень ревнивъ это понятно: такой l'homme de la nature, какимъ былъ Косматый, не могъ стоять выше животныхъ инстинктовъ... Впрочемъ Митюха недопускалъ и возможности измѣны съ ея стороны. Кѣмъ она его замѣнить? Чьи рѣчи будетъ охотнѣе слушать? Чьи думы болѣе понравятся ей? Хотя подчасъ она и шалитъ, балуетъ съ парнями, а все-таки она — его, онъ весь — ея, весь и тѣломъ и душой...

И, дѣйствительно, Митюха не такъ уже заботливо, какъ прежде относится къ братнинымъ дѣламъ; не такъ горячо борется съ своими недругами: неукротимый духъ его, казалось, вовсе заснулъ въ объятіяхъ Волчихи.... Чѣмъ тѣснѣе онъ сближался съ этой загадочной женщиной, тѣмъ далѣе отступали мірскіе, общественные интересы и тѣмъ болѣе теряло для него силу и значеніе все то, что до тѣхъ поръ было ему всего милѣе и дороже....

ГЛАВА IV

Первыя тѣни

Года черезъ три послѣ того дня, какъ Волчиха дала Косматому первый поцѣлуй, ей стало казаться, что въ первое время знакомства, Митюха былъ лучше, что теперь онъ сдѣлался хуже, но что именно въ немъ стало вдругъ хуже — она опредѣлить не могла. Чѣмъ далѣе удалялся Косматый съ поля битвы, чѣмъ болѣе привязывался онъ къ Волчихѣ, чѣмъ чаще и охотнѣе засиживался онъ у нея на постояломъ дворѣ, тѣмъ болѣе она старалась отъ него отшатнуться. Къ той осени, съ которой пошла исторія, настроеніе Волчихи особенно сдѣлалось лихорадочно-тревожнымъ. Въ глубинѣ души Волчиха чувствовала, что боится Косматаго, что ей неизбавиться изъ подъ вліянія того страха, который стала она ощущать еще сильнѣе съ тѣхъ поръ, какъ въ ней зародилось смутное желаніе избавиться отъ Митюхи. Она боялась, но не хотѣла признаться въ томъ... Самое же главное, что ухудшило значительно противъ прежняго Митюху въ глазахъ Авдотьи Васильевны — былъ тотъ бѣлокурый юноша-ямщикъ, приставшій на постоялый дворъ пообогрѣться и обсушиться въ ненастную ночь наканунѣ Покрова дня.

Въ неукротимой, живучей натурѣ Волчихи зажглась страсть загорѣлось страшное, неопреодолимое желаніе любить и быть лю,бимой не такимъ косматымъ звѣремъ, какимъ былъ Митюха,— а молодымъ и робкимъ молодцомъ. Такимъ представлялся ей молодой ямщикъ, краснѣвшій и смущавшійся подъ ея огненными взглядами. Митюха же, видя молчаливость Авдотьи Васильевны и не догадываясь о причинѣ, приписывалъ ее просто женской блажи.... Ямщикъ же не показывался, такъ что Волчиха начинала уже отчаиваться въ осуществленіи своихъ мечтаній...

Второй разъ увидѣла она Александра уже о Филипповкахъ.

Морозная, декабрская ночь заузорила оконца постоялаго двора, сквозь которыя на почернѣлый полъ блѣдными полосами ложилось лунное сіянье. Въ избѣ тихо было, только морозъ на дворѣ гдѣ-то потрескивалъ да пощелкивалъ. Авдотья

Васильевна одна одинешенька валялась на печи и не то дремала, не то бодрствовала.

"Страшна я кажусь ему! мелькало въ ея головѣ. Поди-ка, наслушался ужъ онъ про меня — и такая то... Охо-хо, горе! О дѣлахъ-то моихъ судятъ, а что отъ тѣхъ-то дѣдовъ мнѣ приходится — не видятъ и казнятъ!... А какъ бы знали, сколь это мнѣ легко..." и Авдотьѣ Васильевнѣ показалось, что люди, дѣйствительно, очень несправедливы. Особенно теперь они показались ей злы и жестоки, теперь, когда отгоняли, отпугивали отъ нея молодого ямщика, вырывали у ней счастье изъ рукъ. По ихъ разсказамъ, вѣроятно, она представляется ему такою грязною, развратною, такою тварью мерзкою, на которую порядочный парень и взглянуть не захочетъ... Никогда еще до сихъ поръ люди не казались ей такъ холодны, мелочны: никогда еще она не ощущала сильнѣйшаго желанья растоптать, раздавить этихъ чистыхъ тварей, гордящихся своею праведностію; никогда еще не испытывала она такой дикой ненависти къ ихъ ханжеству и фарисейству... "И онъ-то, вѣдь, тоже изъ нихъ....." задумала было она и — вздрогнула: подъ окномъ кто-то несмѣло стукнулъ разъ, другой. Волчиха торопливо накинула себѣ на плеча шугай и пошла впускать гостя.

То былъ Александръ съ конями...

Дворничиха, какъ въ первый разъ, приняла его насмѣшливо, потомъ заговорила было съ нимъ и серьезно, но тотъ отдакивался, отнѣкивался, а въ разговоръ не вступалъ. Сказалъ онъ: кого привезъ и куда, замѣтилъ о стужѣ, о томъ, что "оченно сегодня сѣверко" и т. п. Подъ конецъ вечера дворничиха стала любезнѣе, тороватѣе, но все напрасно: Александръ не разогрѣвался — онъ, словно, все боялся чего-то.

— Чудной ты! промолвила наконецъ Волчиха, впиваясь своими черными очами въ его голубые глаза.

Александръ вздохнулъ, хотѣлъ было тоже попристальнѣе всмотрѣться въ хозяйку, сбирался и сказать ей что-то; но голова, видно, не поднялась и языкъ не пошевелился.

Послѣ тяжелой, мучительной ночи, по утру, при прощаньи, дворничиха зазывала Александра и "напредки" къ себѣ, но тотъ вмѣсто всякой благодарности какимъ-то болѣзненнымъ, передразнивающимъ тономъ проговорилъ "ладно" и, презрительно глянувъ на хозяйку, вышелъ изъ избы, пристукнувъ сильно дверью, точно досадуя, гнѣваясь на что-то...

Передъ святками Алексаха не надолго опять заворотилъ на постоялый — опять лаконичный разговоръ, смущенье, досада, а подъ конецъ презрительный взглядъ...

По долгу не смыкая глазъ, лежитъ Волчиха на теплой печи по длиннымъ зимнимъ ночамъ — не спится ей: взволнованная кровь клокочетъ, не даетъ покоя. И проклинаетъ Авдотья Васильевна свою прошлую, бѣшеную жизнь, загородившую ей дорогу къ счастью, жизнь, опозорившую ее, обезславившую до того, что любимый человѣкъ ею гнушается, смотритъ на нее, какъ на гадину. Проклинаетъ она и Косматаго, который злымъ демономъ стоялъ возлѣ нее и денно и ночно, всюду слѣдуя за нею темною, неотступною тѣнью. Она его почти прогнала вчера... Онъ вчера все хмурился, жаловался, что ему худо живется въ братниной семьѣ, что горько ему и не весело; раздѣлиться съ братомъ, раззорить его — семейнаго человѣка — не хочется, а и такъ жить — тошно... Въ иное время Волчиха съумѣла бы утѣшить Косматаго, но теперь у нея — свое горе, и чуждо стало ей горе Косматаго. Прежде онъ возбуждалъ въ ней сочувствіе, а теперь лишь надоѣдаетъ.. Благодѣтельный источникъ, изъ котораго Митюха пилъ и запивалъ горечь жизни дѣйствительной,— изсякъ для него... Волчиха перестала понимать Косматаго.

Дикая злоба поднялась въ ней противъ себя, противъ Александра, противъ Митюхи. "Онъ, ровно, дьяволъ въ когтяхъ меня держитъ!" думала она въ отчаяніи, чуть не плача со злости. "А тотъ — чистенькій, куколка — смотрѣть не хочетъ... мразь, дескать!... Анафемы они всѣ!" Но скоро Волчиха прояснялась — и въ ея настроенномъ воображеніи рисовался ей тотъ же свѣтлый, ясный образъ молодого, неопытнаго существа, который такъ часто ей грезился и на яву и во снѣ; онъ то затемнялся другимъ образомъ, страшнымъ, сильнымъ, грѣшнымъ, то снова просвѣтлялся и носился передъ нею въ какихъ-то волнистыхъ, сѣрыхъ туманахъ...

И снилось ей разъ — сидитъ она съ милымъ въ полѣ подъ рябиной, сидитъ — воркуетъ, къ груди его припадаетъ; все поле, все голубое небо, что раскинулось надъ ними, все, все щебечетъ, говоритъ, поетъ о любви и нѣгѣ... Но вотъ изъ-за овина выходитъ Митюха, хохочетъ, кривитъ свою рожу... Хохотъ его нехорошій расходится дальними отголосками.... Замираетъ сердце Волчихи дыханіе порывается; она чуетъ, какъ перестаетъ кровь биться, какъ холодомъ обдаетъ ее, точно изъ могилы... Авдотья Васильевна просыпается и, устрашенная сновидѣньемъ, творитъ дрожащею рукою крестное знаменіе.

Примѣчаетъ кое-что Косматый, а додуматься не можетъ: "кой лѣшій обошелъ ее..."

— Дурить у меня Дуняха! рѣшаетъ онъ неувѣренно.

25

ГЛАВА V

Невѣстины слезы

Въ Благовѣщеньевъ день — день, когда птица, по народному повѣрью, гнѣзда не вьетъ — солнышко надъ Верейкинымъ взошло ясно. Спокойнѣе, яснѣе духомъ встала на этотъ разъ и Волчиха, а встрѣтившій ее послѣ обѣдни сюрпризъ и вовсе ужь скрасилъ для нея праздничный день: пріѣхалъ Александръ. Пріѣздъ Александра, хотя и сумрачнаго, молчаливаго и безъ того бывалъ для Волчихи праздникомъ не малымъ, но въ Благовѣщеньевъ день Алексаха явился веселѣе и развязнѣе обыкновеннаго — онъ даже съ праздникомъ поздравилъ хозяйку, весело такъ помолился образамъ и даже сшутилъ что-то...

Косматаго на ту пору въ избѣ не случилось.

Волчиха, подавая Александру перекусить что Богъ послалъ, сказала ему тихо, но какъ-то особенно добродушно и любовно:

— Покушай-ка на здоровье! Щи-то сегодня — удача, да и рогулечки-то хороши, вальяжныя такія...

Въ словахъ Авдотьи Васильевпы много было дружескаго, много ласки звучало; такъ бы мать сказала сыну: "не бѣги же, сердечный! Побудь у меня." Александръ, видно, замѣтилъ тонъ, какимъ были сказаны эти простыя слова и немного закраснѣлся. При прощаньи презрительнаго взгляда не было брошено, а на вопросъ Волчихи: скоро ли паренекъ будешь опять въ ихъ сторону,— послѣдовалъ отвѣтъ такого рода:

— Надо быть по скорости завернуть придется!

Волчиха ничего не проронила изъ того, что въ этотъ разъ говорилъ молодой ямщикъ, все замѣтила и запомнила: женскій тактъ подсказалъ ей, что желѣзо смягчалось, а Волчиха была не таковская женщина, чтобы дала безполезно застыть металлу, трудно плавимому...

Послѣ того уже Алексаха сталъ бывать все чаще и чаще на постояломъ дворѣ и засиживаться у Волчихи все долѣ и долѣ...

Александръ былъ родомъ съ Горбачева — изъ сосѣдней деревни — изъ хорошей, работящей семьи. На Горбачевѣ была ужь у него и невѣста на примѣтѣ: Дарья — дѣвка здоровая, румяная, изъ себя красивая, нравомъ тихая — никакимъ баловствомъ не занималась и обѣщала сдѣлаться для семьи все выносящей, многотерпѣливой труженицей. Вся деревня говорила, что Алексаха да Дарьюшка — загляденье, а не пара! Оба — смирные, пригожіе, оба — изъ зажиточныхъ домовъ... По лѣтнимъ вечерамъ балагуритъ Сашка съ красными дѣвушками, а съ Дарьюшкой пуще всѣхъ; зимой, на посидѣлкахъ, съ дѣвками играетъ, шутитъ, а съ Дарьюшкой пуще всѣхъ... Передъ Дарьюшкой виднѣлась уже дорога въ церковь, стоянье тамъ передъ алтаремъ съ сіяющимъ вѣнцомъ на головѣ, а затѣмъ на многіе, долгіе годы жизнь трудовая, жизнь безпечальная съ любимымъ, добрымъ мужемъ... Но вотъ къ концу зимы Алексаша сталъ какъ-то норовистѣе, точно въ него какой духъ вселился; Дарья рѣдко стала видать его — покажется да и скроется надолго. То ужъ онъ больно веселъ, то ужъ слова отъ него не добьешься — ходитъ словно въ воду опущенный. Дарьюшка разъ и говоритъ ему:

— Чтой-то, Саша, ты, ровно, объѣлся чего! Какъ я погляжу на тебя—ты, точно какъ не прежній... Подѣялось что ли что?.. Ну-кась!...

Но Саша Дарьюшку цѣлуетъ и, смѣясь, увѣряетъ ее, что онъ все тотъ же, что и былъ... Шутками отдѣлывался Алексаха. Но плохія вышли шутки, когда на деревнѣ стали поговаривать, что Алексаха Скорбсевъ съ чего-то началъ приставать къ этой ягѣ-бабѣ, къ Волчихѣ, на постоялый дворъ, когда пріѣзжалъ на Верейкино; что онъ просиживаетъ подолгу у нея; что онъ сбился, значитъ, съ пути истиннаго и пошелъ на совѣтъ нечестивыхъ; что въ ногибель Алексаха наровитъ попасть... Такіе зловѣщіе слухи о погибели христіанской души дошли и до невѣсты и тяжелымъ камнемъ запали въ ея довѣрчивую, дѣвическую грудь; они съ ея щекъ румянецъ посогнали, слезы горькія изъ глазъ выжали, глаза свѣтлые потускнѣли. Вздыхала Дарья, доя коровку свою буренушку; вздыхала тяжело она и за ткацкимъ станкомъ; вздыхала, пристукивая подножкой и перебрасывая челнокъ — и кропили ея слезы нитки сѣрыя — и сквозь слезы, какъ сквозь туманъ, видѣла она свой станокъ старый, частыя берда, натянутыя нити, темный уголъ, окно, и за окномъ блѣдную зелень ранневесеннюю и свѣтлое небо...

Вздыхала Дарьюшка да отирала украдкой непрошеные слезы: женихъ ея, Саша милый, разлюбилъ, промѣнялъ ее на ту страшную ягу-бабу, что сидитъ на Верейкинѣ да добрыхъ людей на злое совращаетъ. Околдовала его совсѣмъ Волчиха — чтобъ ей ни дна, ни покрышки! Разрушила она, ехидна, Дарьюшкино молодое счастье, затемнила своими дьявольскими чарами будущее ея... распутная Волчиха украла у нея Сашу, украла покой ея и радость...

Узнавъ о подвигахъ сына, и отецъ тоже пришелъ въ ужасъ и гнѣвъ.

— Ты съ чего это выдумалъ, ась? оралъ онъ на Алексаху.— Я разѣ приставалъ коли къ вѣдьмѣ этой, къ кіевской!... Разѣ я тебѣ не заказывалъ! Дворовъ-то на Верейкинѣ не стало, штоли! Али только и свѣта ужъ для тебя, безстыжій, что Дуняшкино оконце!? Плоха проклятая!.. Не пущу я тебя на Верейкино — провались оно, не пущу...

Мать совѣтовала женить поскорѣе сына и тѣмъ спасти его отъ дальнѣйшихъ несчастій: она, какъ женщина простая, была вполнѣ увѣрена въ томъ, что если человѣкъ женится — непремѣнно перемѣнится, остепенится, одумается и поведетъ свою жизнь, какъ быть да слѣдуетъ; а не знала она, что, поступая такимъ-то образомъ, можно было вмѣсто одной бѣды, накликать десять бѣдъ. Впрочемъ Алексаха не поддавался ни на ея увѣщанья-причитанья, ни на отцовскія угрозы и, несмотря на всевозможные уговоры, на отрѣзъ отказался отъ женитьбы, отъ невѣсты, даже радъ былъ отказаться отъ отца съ матерью, только бы отъ Волчихи не отказаться.

На первыхъ порахъ онъ, однако, смирился, убоявшись отца. Хоть и тошно ему стало подъ роднымъ кровомъ, тошно ему было встрѣчаться съ Дарьей, встрѣчать ея тоскливый взглядъ, ноющій, укоряющій, хотя опротивѣло ему Горбачево, хотя мыслью я мечтой онъ постоянно леталъ около Верейкина, но вырваться и разомъ освободиться отъ всего того, что его держало вдали отъ Волчихи — онъ не могъ: силъ не хватило. Но напрасно грозился отецъ, напрасно мать хныкала. Пришла нужда — отецъ самъ послалъ сына на Верейкино, только, разумѣется, съ строгимъ наказомъ, чтобы, "окромя Парашки никуда не приворачивалъ сучій сынъ".

Подъѣзжая къ Верейкину, только еще издали завидѣвъ его

соломенныя крыши, почернѣлыя, высокія трубы, его прудъ, еще издали заслышавъ глухой шумъ старыхъ сухихъ ветелъ, Александръ чувствовалъ уже, что онъ не въ Горбачевѣ, что онъ подъ другимъ небомъ, въ иномъ мірѣ, что онъ близехонько къ ней... Гналъ онъ своихъ лошадокъ нещадно, вздымая за собой облако пыли — и лихая тройка, звеня и бренча, подкатывала къ постоялому двору и, какъ вкопанная, со всего маха останавливалась у его тесовыхъ воротъ. Мало-по-малу Александръ дѣлался съ Волчихой смѣлѣе, все откровеннѣе, разговорчивѣе и любезнѣе. Онъ весьма услужливо передавалъ ей деревенскія новости, разсказывалъ ей, по ея же просьбѣ, что и какъ о ней думаютъ и говорятъ у нихъ на селѣ; разсказывалъ ей о невеселомъ житьѣ-бытьѣ своемъ, о приневоливаньи жениться на Дашкѣ, распространялся кстати о своей семьѣ, о ссорахъ съ отцомъ,— но о нѣжныхъ чувствахъ помину еще не было...

Въ томъ слоѣ народа, въ которомъ разыгрывается описываемая исторія, любовныхъ объясненій не существуетъ и люди сходятся другъ съ другомъ безъ всякихъ предисловій. Тамъ нѣтъ пошлыхъ, оффиціальныхъ заявленій по казенной формѣ, въ родѣ "я васъ люблю"; тамъ нѣтъ ненужныхъ, приторныхъ изліяній въ вѣчной привязанности, несокрушимой даже и за гробомъ — за предѣломъ всяческихъ нелѣпостей, которыя расточаютъ въ высшемъ обществѣ направо и налѣво со всею щедростью идіота, разбрасывающаго куда ни попало вещи, которыхъ значенія онъ не разумѣетъ... Нѣтъ тамъ клятвъ и увѣреній, нѣтъ постоянныхъ обниманій и лобызаній, ежечастныхъ, сладостныхъ, глядя на которыя даже чувствуешь тошноту, какъ точно чего сладкаго объѣлся... Тамъ, въ средѣ простыхъ людей всѣ акты жизненные совершаются просто, безъ эффектовъ, безъ прологовъ и увертюръ. Тамъ мало словъ... Лаконичная, часто неконченная фраза, взглядъ, жестъ — вотъ и все!...

Волчиха, бывало, слушаетъ, слушаетъ Алексаху, но и тотъ, въ свою очередь, спрашивалъ кое-что у нея. Волчиха отдѣлывалась темными отвѣтами и не любила много говорить о своей особѣ. Но какъ ей ни было хорошо и привольно сидѣть съ Алексашей, а все-таки ей, словно, чего-то недоставало...

Не думаетъ ли она, быть можетъ, что вотъ, дескать, тамъ за лѣсомъ, что видѣнъ изъ ея окна — на Горбачевѣ дѣвка ноетъ, сохнетъ по Сашѣ, а Саша съ нею сидитъ да и отходить не хочетъ... Она его отбила отъ той дѣвки! Но вѣдь дѣвка та, въ свою очередь, при случаѣ подставить ей ногу... Развѣ всѣ они не враги ея?! Нѣтъ, не это смущаетъ Волчиху, не слезы невѣстины тревожатъ ее! Не думаетъ ли, наконецъ, она о семьѣ скорбящей за сына, за брата? Ой, нѣтъ. Не о томъ она думаетъ, не о томъ ея тревога и волненье... Другія думы, другія заботы щемятъ ея сердце, заползаютъ въ ея гордую душу и поднимаютъ въ этой душѣ бурю...

ГЛАВА VI

Ласточки прилетѣли

По утру ранымъ рано сидѣла Авдотья Васильевна за работой подъ окномъ и не столько работала, сколько на улицу глядѣла. Поднялась она сегодня до солнышка; обрядилась, управилась, выдалось времечко и кошелекъ пошить для Алексаши. Свѣжій весенній воздухъ вливался въ окно и, какъ одуряющій напитокъ, хмельно дѣйствовалъ на Волчиху. Солнце, невысоко поднявшееся надъ крышами, не успѣло еще осушить росы; роса блистала по травѣ и отъ нея запыленный листъ подорожника казался зеленѣе, свѣжѣе раскидывался и разросшійся у плетня лопушникъ, изумрудомъ отливала полевая даль. Небеса свѣтлѣли — ни одно облако не темнило ихъ; съ высоты неслась переливчатая, замирающая пѣснь жавороика... Стали подыматься на деревнѣ — заскрипѣли на ржавыхъ петляхъ ворота, забродили бабы съ ведрами и ребятишки, показались мужики съ боронами и сохами, задымились высокія, корзиночныя трубы, замычали коровы, овцы заблеяли, отправляясь на выгонъ — и день деревенскій начался.

— Вишь ты! И угомонъ-то ее не беретъ! замѣтила одна баба другой, видя открытое Волчихино окно, а подъ окномъ красавицу хозяйку.

Во истину не стало Волчихѣ угомону съ тѣхъ поръ, какъ разбушевалась ея дикая, порывистая страсть. Подступившая весна еще пуще будитъ ея чувства, и жжетъ и волнуетъ... Весна товарная, своею прелестью, всѣмъ обаяньемъ воскресающихъ жизненныхъ силъ, вливаетъ и въ нее свой тонкій ядъ капля по каплѣ...

Вдали послышался колокольчикъ. Звучно, отчетливо отдается онъ, разливается въ тихомъ, утреннемъ воздухѣ. Вотъ слышится стукъ колесъ, быстро летящихъ по гладко-укатанной дорогѣ, слышны лихія покрикиванья... Колокольчикъ ужь звенитъ въ деревнѣ и звонъ его стозвучными отголосками отдается межъ строеньемъ, пыль клубами стелется, а въ облакахъ сѣрой ныли — видно — несется тройка вороныхъ... Волчихѣ знакомы эти

31

вороные и, высунувшись всею полною грудью изъ окна, она глядитъ на нихъ, прикрывъ отъ солнца рукою свои черные, огневые глаза...

Мимо пролетѣли вороные.

Скоро послѣ того, усталая тройка подъѣхала къ постоялому двору и Алексаха — не прошло пяти минутъ — сидѣлъ ужъ у Волчихи и въ ожиданіи чая и закуски бесѣдовалъ съ хозяйкой объ обычныхъ заботахъ дня.

— Теплынь же Богъ далъ! Яровые-то важно пойдутъ у насъ... замѣтилъ ямщикъ, смотря въ окно и отирая рукавомъ рубахи потъ съ лица.— У тебя, Васильевна, подъ стрехой-то тутъ видно много ласточьихъ гнѣздъ? Этакъ онѣ все взлетываютъ?.. спросилъ, немного погодя, Александръ, когда первое его замѣчанье осталось безъ отвѣта.

— Да, много ихъ у меня. Весь день пискотня стоитъ... отвѣчала хозяйка.

— Куда же это онѣ по осени-то отсюдова улетаютъ? Опослѣ Успенья ихъ, кажись, ужъ рѣдко видать... полюбопытствовалъ гость.

— Куда! Въ теплую сторону отлетаютъ: стужи-то нашей онѣ не выносятъ, не въ моготу имъ холодъ-то... А вотъ какъ потеплитъ — онѣ опять сюда, по гнѣздамъ! объяснила Волчиха. Ласточка, между тѣмъ, то и дѣло отлетала изъ-подъ навѣса соломенной крыши и снова возвращалась съ сухою травкой въ клювѣ, съ соломенкой или съ кусочкомъ глины. Починкой своего гнѣздишка занималась пичужка: зимніе вѣтры его поиспортили.

Волчиха пригорюнившись сидѣла тоже у окна и грустно серьезно смотрѣла на доканчиваемый кошелекъ, лежавшій у нея на колѣняхъ.

— Экой мѣшечекъ нарядный! Мастерица ты, Васильевна! говорилъ Александръ, любуясь на гарусныя привѣски.— Красиво больно! Ловка, ловка... Для кого это сбираетъ-то?

— А угадай! предложила хозяйка — и при этомъ мимолетная улыбка скользнула по ея губамъ и изчезла, какъ внезапно изчезаетъ быстро бѣгущая по полю въ вѣтряный день тѣнь отъ облака.

— Я тѣ не угадчикъ! отозвался ямщикъ — и довольнымъ, яснымъ взглядомъ посмотрѣлъ на Волчиху.

— Тебѣ это — на разбогатѣнье!— Хозяйка ласково посмотрѣла на гостя, вздохнула и взялась за кошелекъ.— Обо мнѣ попомнишь, какъ меня не будетъ, молвила она тихо-тихо.

Молодецъ чуялъ, что въ немъ что-то неладное происходитъ: жаль кого-то, чего-то, жутко, не распознать, не опредѣлить заразъ... Смѣшался Александръ: ни тпру, ни ну, какъ говорятъ. Ему давно ужь хотѣлось сказать Волчихѣ всю правду да языкъ-то вотъ врагъ нашъ не поворачивался. Алексаха наклонился къ столу.

— Не житье мнѣ безъ тебя, Васильевна!

Сказалъ и вздохнулъ.

Волчиха вспыхнула, схватила его за руку и, стараясь заглянуть ему въ глаза, прошептала:

— И не уходи! Не гоню я тебя...

Черезъ минуту молодой ямщикъ ужь задыхался въ объятіяхъ Волчихи...

Какъ шальной, возвращался въ то утро Алексаха на Горбачево; безъ угара его одурманило, безъ вина опьянило. Закрывъ глаза, подремывая, лежалъ онъ въ телѣгѣ, жадно вдыхалъ свѣжій воздухъ, прислушивался къ перезваниванью колокольчика, къ шуршанью бубеньчиковъ,— а въ ушахъ его все еще отдавались слова любовныя, поцѣлуи губы жгли, черные, какъ угли, глаза смотрѣли на него нѣжно, ласково, объятія крѣпкія, безумно страстныя сжимали его и уносили съ земли на небо... Скоро изчезло для него Верейкино и Горбачено и лѣсъ зеленый на краю дороги и сама пыльная дорога — все изчезло: одна Волчиха виднѣлась ему, словно на бѣломъ свѣтѣ только и были — она да Алексаха...

Съ этого утра дальнѣйшая участь Александра была уже рѣшена: безъ Волчихи не житье ему, сказалъ онъ — и этимъ онъ

33

высказался весь, это былъ приговоръ, который онъ самъ прочелъ надъ собою. Пусто ему стало казаться въ Горбачевѣ, прежнее веселье не веселило: душно ему въ родной избѣ, гдѣ прежде такъ вольно дышалось; не вкусны щи, горекъ хлѣбъ для него сдѣлался дома, молоко, которое они хлебали за столомъ съ такимъ апетитомъ, ему теперь въ ротъ не шло, скукой нестерпимой, самымъ глухимъ одиночествомъ, сиротствомъ круглымъ вѣяло на него среди многолюдной семьи. За то какъ же бодро и весело запрягалъ онъ коней, когда надо было ѣхать на Верейкино, съ шутками пристегивалъ онъ пристяжныхъ и поправлялъ ихъ густыя чолки, вытаскивая изъ нихъ репейникъ и траву сухую, поглаживалъ ихъ гривы, а, выѣзжая изъ села, погаркивалъ и, обзывая лошадокъ соколиками и голубчиками, гналъ ихъ во всю прыть по знакомой дорогѣ черезъ лѣсъ; тамъ за лѣсомъ, у окна на постояломъ дворѣ сидятъ и ждутъ его... И ужъ нисколько не мила ему его прежняя милая. Не разъ онъ сравнивалъ съ нею Волчиху и все приходилъ къ одному и тому же результату. "Дарья, раздумывалъ онъ, дѣвка, говорятъ, чистая, неповинная, ну и все... И меня любитъ, міромъ почитаема за свою тихость — да что мнѣ въ ея тихости, когда сердце мое не къ ней лежитъ! Волчиха, говорятъ, съ полюбовниками живетъ, ехидная да шальная она, вишь! Да что... Теперь меня она лаской даритъ. А ни чуточку она не шальная, не ехидная... Дарья, ровно, истуканъ — слова путнаго иной разъ отъ нея недобьешься, а эта — какъ заговоритъ — заслушаешься... Да и нашито деревенскіе, поди, много лишняго врутъ про нее со злости да съ зависти; она имъ почтенье-то не больно воздаетъ..." А о красотѣ и сравненія Александръ не допускалъ. Даже и враги Волчихи въ тайнѣ признавали за ней превосходство красоты тѣлесной; за то очень сильно нападали они на ея духовное безобразіе, на ея поведеніе распутное... Александръ прежде боялся Волчихи, благодаря розсказнямъ, ходившимъ въ околодкѣ; по этимъ розсказнямъ она представлялась ему, дѣйствительно, какимъ-то страшнымъ существомъ, заманивавшимъ своими прелестями людей на погибель. Теперь же онъ видѣлъ, что въ знакомствѣ съ Волчихой, кромѣ пріятности, ничего худого нѣтъ! все цвѣточки и цвѣточки безъ шиповъ и терній. Волчиха на него словно туманъ напустила: Алекcаша смотрѣлъ на ея грѣхи и не видалъ грѣховъ...

Съ того утра Александръ не унимался: при первой

возможности, въ очередь — не въ очередь, безъ дѣла — за дѣломъ, онъ летѣлъ, сломя голову, на Верейкняо и съ замираніемъ сердца останавливалъ взмыленныхъ лошадокъ у знакомыхъ воротъ, радушно передъ нимъ растворявшихся ту же минуту и принимавшихъ его, какъ гостя всегда желаннаго, давно ожиданнаго...

Утромъ ли раннимъ, идя за сохою и поколачивая сошникъ или отбивая косу; днемъ ли, отдыхая на сѣновалѣ и глядя въ щели, черезъ которыя пробивался голубой свѣтъ; вечеромъ ли, возвращаясь съ работы, когда звѣзды дрожали въ далекомъ небѣ и туманы стлались по полямъ; ночью ли, въ часъ, когда неспится, когда со всѣхъ сторонъ несутся полные звуки, скрипъ однообразный коростеля, трескъ сверчковъ неугомонныхъ, стопы иволги — Александръ вспоминалъ и подумывалъ объ укромной перегородочкѣ на постояломъ дворѣ и о той, что сидитъ, быть можетъ, теперь тамъ, ищетъ, гадаетъ: не послышится ли звонъ колокольчика, не покажется ли тамъ, въ синеватой дали знакомая вороная тройка...

На деревнѣ давно порѣшили, что Сашка Скорбеевъ избаловался, что пропащій онъ человѣкъ и сулили всякія бѣды и напасти Алексахѣ и всему его дому.

ГЛАВА VII

Между подводными камнями

Хоть для Волчихи и было непріятно присутствіе Косматаго, но оттолкнуть его совсѣмъ она не могла. Во-первыхъ, тяготившая ее связь представлялась ей крѣпкою и рвать ее казалось дѣломъ опаснымъ. Затѣмъ, какъ бы то ни было, въ глубинѣ души она уважала Косматаго, уважала въ немъ просто человѣка и человѣка любящаго и сильно и искренно. Онъ былъ грѣшонъ, но силенъ; а тотъ другой, болѣе милый ея сердцу, былъ слабъ, шатокъ, гнулся, какъ гнется тростникъ прибрежный подъ дуновеніемъ вѣтровъ. И такъ Волчиха стала разыгрывать опасную игру, желая удержать при себѣ Косматаго, какъ вѣрную собаку, удержать такъ, чтобы не дать ни малѣйшаго повода къ подозрѣніямъ,— и не разставаться съ Сашей, который становился для нея все милѣе и дороже: мила была его неопытность, дорога была его прямота и откровенность...

Разъ вечеркомъ, вмѣсто того, чтобы прокатить мимо постоялаго двора, Александръ оставилъ коней на концѣ деревни, а самъ пѣшкомъ направился по задворкамъ къ Волчихѣ въ той мысли, чтобы нагрянуть на нее нечаянно, напугать и обрадовать. "Ждетъ, поди голубка!" думаетъ онъ, а самъ осторожно потрогиваетъ въ карманѣ леденцы, которые купилъ въ подарокъ для Дуняши. Онъ перелѣзъ черезъ невысокій плетень и, коноплянникомъ дойдя вплоть до избы, подкрался къ окну и остановился подъ нимъ: послушаю, дескать — нѣтъ ли кого?

Тихо. Волчиха недовольнымъ тономъ говоритъ:

— Полно тебѣ блажить-то, Митюха! Вѣдь ужъ затянетъ какъ одну пѣсню, такъ и тянетъ ее, тянетъ — инда одурь возьметъ, слушать тошно...

— А ты не балуй не въ свою-то голову. Вотъ что! Этакъ поздоровѣе будетъ... слышить Алексаха — отвѣчаетъ ей Косматый своимъ грубымъ, размѣреннымъ тономъ. И послѣ недолгой паузы слышится поцѣлуй, другой — затѣмъ легкій шорохъ...

36

— Ну, пусти! говоритъ Волчиха, переводя духъ.

Александръ мнетъ и ломаетъ въ карманѣ леденцы: кипитъ у него въ груди — онъ дрожитъ и не знаетъ, что ему дѣлать: войти или нѣтъ? Что сказать? Съ чего начать? "А-а? Вотъ она — Волчиха-то!' Чортъ въ ней, говорятъ, сидитъ... не узнаешь ее. А-а! Ну хорошо! Ладно!" Съ горькой усмѣшкой сжимаетъ губы Александръ; самъ трясется — сердце щемитъ, холодно и жарко ему, тяжело — хоть плачь! не до смѣха бѣднягѣ! Воспоминаніе о первой, роковой встрѣчѣ съ Волчихой, о первой порѣ ихъ знакомства, ропотъ и жалоба на то, что поддался искушеніямъ хитрой, распутной бабы, сожалѣніе о потерѣ покоя и довольства собой — все это быстрѣе молніи мелькнуло въ его головѣ. Отошелъ онъ машинально отъ окна и, перелѣзши плетень, принялъ твердое намѣреніе не приближаться болѣе къ постоялому двору.

— Чортъ съ ней! Дьяволъ съ ней! Провались я... Ахъ,она окаянная, окаянная! шепталъ онъ, придя къ лошадямъ и подтягивая черезсѣдельникъ. Онъ сказалъ самъ себѣ, что нога его не будетъ на постояломъ... Гналъ Александръ свою тройку, какъ бѣшеный,— чуть не загналъ и хмурымъ на этотъ разъ воротился домой, съ глубокой ненавистью вспоминая тѣ минуты, когда онъ такъ чистосердечно ласкался ко лживой Волчихѣ, со стыдомъ припоминая о томъ, какъ довѣрчиво онъ слушалъ ея льстивыя, обворожительныя рѣчи, въ которыхъ все была одна ложь съ начала до конца. Но сильнѣе стыда грызло его сердце отчаяніе, тупое, глухое отчаяніе, что онъ считалъ бѣлымъ — оказалось чернымъ... Горькое сознаніе, что Волчиха уже не его, давила Александра: вѣдь онъ обѣщалъ ее не видать, не слыхать ея вкрадчиваго голоса: она — ехидная. "Зачѣмъ она такая? Зачѣмъ ехидная? Эхъ, если бы она была путная, если бы да понимала она любовь Александрову!" — Охо-хо! мысленно восклицалъ парень.

Прошелъ день, прошелъ другой. Алексаха не проклиналъ ужь болѣе Волчиху, а только сѣтовалъ и жаловался; онъ не рвался, не метался, не швырялъ полѣньями въ собакъ, не раздергивалъ до крови трензелемъ морды лошадямъ, а ходилъ, опустя голову и руки, весь опустившись... "А то, можетъ быть, ему послышалось? Можетъ, и поцѣлуевъ-то никакихъ не было? Гм. Ну, нѣтъ! Уши-то у него, слава Богу, не закладываетъ... не оглохъ еще онъ! А можетъ быть... Любопытно бы знать, что скажетъ она въ свое оправданіе! Заплачетъ, поди... каяться будетъ, прощенья молить станетъ! А то отговариваться, пожалуй, начнетъ? Ничего, скажетъ, знать не знаю, вѣдать не вѣдаю! Что ты, скажетъ, сердечный, промѣняю ли я тебя на кого другого! Гм!" Такія, вотъ, думы сталъ нашептывать ему, пріятно для него звучавшій, голосъ. Этотъ голосъ шелъ даже и далѣе предположеній: "Съѣзди! Узнаешь все порядкомъ, увидишь — что дѣлать надо, такъ и сдѣлаешь". Другой же голосъ пѣлъ иное: "Полно, не ѣзди, сдержи свое рѣшенье! Не вѣрна она тебѣ... Обманываютъ тебя, какъ дурачка, за носъ водятъ. Будь разуменъ — не поддавайся бабѣ! Чего ты позабылъ на Верейкинѣ?! Плюнь да и пошли все къ чорту!..." Къ этому голосу Александръ сначала прислушивался охотно, радуясь въ душѣ тому, что слышитъ...

Впослѣдствіи Александръ все болѣе и болѣе сталъ прислушиваться къ первому голосу. А тотъ говорилъ; "Ну, если не правда все это худое, что ты думаешь о Волчихѣ? А ну, какъ она тебя любитъ, а ты попусту куражишься — золотое времячко тратишь, серчаешь, дуешься, счастье изъ рукъ упускаешь? Не досадно ли будетъ потомъ? Не покаешься ли, что ужъ очень придирчивъ да окоръ былъ? Опомнись же покуда не поздно; пользуйся счастьемъ, доколѣ оно еще у тебя!" Но эти хорошія рѣчи перебивались ядовитою ироніей: "Что же, ступай, дитятко! Посмѣются надъ тобой тамъ досыта. Помажутъ тебя по губамъ, какъ несмысля-дурачка... А уѣдешь — послѣ тебя опять тамъ подниметься милованье да цѣлованье — а ты думай: вотъ, моль, она какая добрая, хорошая!" Злобно смѣялся непріятный голосъ и смѣхъ его раздражалъ Александра. А первый — только знай нашептывалъ: "Ой, паренекъ, каяться будешь! Близокъ будетъ локоть да не укусишь! Что въ руки дается, то и держи..."

Результатомъ такихъ колебаній было то, что черезъ три дня — рѣшенія: не ѣздить на Всрейкино — какъ не бывало, а на четвертый день ввечеру Алексаша подъѣзжалъ ужъ къ постоялому на всѣхъ рысяхъ.

Сухо обошелся онъ съ Волчихой, не шутилъ съ ней и на ея вопросъ: "что новаго" — отвѣчалъ: "ничего".

Онъ явился сюда не влюбленнымъ ягненкомъ, а грознымъ судьей... Волчиха же неизмѣнно развязная, прельстительная, какъ и всегда, показывала видъ, что недоумѣваетъ: "За что такая немилость? Али, просто попритчилось!" Алексаха началъ свой допросъ неудачно.

— Сладко же ты цѣловалась... онамеднись! замѣтилъ онъ, бросая злобный взглядъ на Волчиху.

— Когда это? съ изумленіемъ спросила Авдотья Васильевна.

— Во вторникъ надо быть! прищурившись, объяснялъ гость, повидимому, такъ спокойно, какъ будто бы дѣло шло о чемъ-то совершенно постороннемъ, а не о томъ, что ему три дня покоя не давало, лихорадочно его терзало, мучило, на чемъ онъ едва не помѣшался. Онъ надѣялся совсѣмъ поразить Волчиху такимъ прямымъ приступомъ — и ему ужь казалось, что Волчиха, вотъ, сейчасъ такъ и расплачется на то, что онъ клевещетъ, что онъ обижаетъ ее безвинно. "Побойся ты Бога-то, Саша!" скажетъ она и почнетъ умасливать...

— Во вторникъ! отозвалась хозяйка, какъ эхо, удивляясь все болѣе и болѣе. Она, конечно, давно уже догадалась, что Алексаха что-то провѣдалъ и знала, какъ надо дѣйствовать.

— Да. Съ Митюхой! продолжалъ тотъ добивать Волчиху.— Съ Косматымъ, дружкомъ своимъ... добавилъ онъ, задыхаясь, словно бы только что скинулъ огромную ношу съ плечъ своихъ: ноздри пораздувались, глаза горѣли, кулаки судорожно сжимались...

Волчиха поднялась съ мѣста, на которомъ сидѣла сложа руки и смотря пристально на Александра, и холодно-гнѣвно промолвила:

— Ахъ ты, сволочь, сволочь! Низкій ты человѣкъ! Тфу ты! И говорить-то съ тобой послѣ того нечего... Авдотья Васильевна плюнула и ушла за перегородку.

Алексаху совсѣмъ ошеломилъ такой оборотъ дѣла... Вотъ тебѣ отнѣкиванья и извиненья; вотъ тебѣ слезы и упрашиванья! На минуту, подъ вліяніемъ непотухшаго еще гнѣва, скривилъ было онъ губы въ жалкую, презрительную улыбку, да и та мгновенно сбѣжала съ лица, на которомъ кромѣ какого-то отупѣнія, сомнѣнія, нерѣшительности, не выражалось ровно ничего. Нахмурился Алексаха... "А что если въ самомъ дѣлѣ послышалось! За чтоже я опорочилъ ее? Да... но, вѣдь, я слышалъ!.. Притворяется, поди, надуваетъ! Напускаетъ она на себя... Да изъ-за чего ей такія штуки-то выкидывать? Вольна она... Полюбился ей Митюха — и кончено! Что я за сокровище для нея такое! Вѣдь, ужъ если говоритъ, что любитъ — такъ за коимъ же чортомъ ей врать-то? Право, сласти-то во мнѣ мало..."

Пошелъ Александръ за перегородку не грознымъ уже судьей, а нищимъ, милостыню просящимъ.

— Поѣсть-то дашь? попросилъ онъ мягко.

— Вонъ, на поставцѣ кринка стоитъ.... Али чаю хочешь? Брови Волчихи нахмурены, но, видно, что лежачаго она не хочетъ бить.

— Пожалуй и чаю!....

И долго-долго пришлось Александру самому умасливать Волчиху, долго-долго клялся онъ и клялся-божился въ душѣ, что не станетъ больше подозрѣвать ни въ чемъ подобномъ Авдотью Васильевну, не станетъ мучить себя.

— Ахъ ты, глупый мой! Ахъ ты, Сашка, Сашка! поздно вечеромъ говорила Волчиха, лаская Александра, разбирая его русыя кудри, утѣшая его, разгоняя его темныя думы.

— Ну теперь ладно. По прежнему!.... говорилъ ямщикъ, съѣзжая съ постоялаго двора....

А Волчиха думала между тѣмъ: "Осторожнѣе надо: горячъ Саша-то.... Ну да Митюха-то еще ничего не гадаетъ"....

ГЛАВА VIII

Косматый просыпается

Хотя Волчиха для своего успокоенья и сильно желала подружить Александра съ Митюхой, но такой маневръ неудался ей. На успѣхъ она разсчитывала, имѣя въ виду мягкость и ласковость Алексаши, но тутъ-то съ ея стороны и вышла большая ошибка, очевидно, произшедшая отъ незнанія.

Сбирался разъ Александръ ѣхать домой, на Горбачево, невеселый, хмурый, съ видомъ человѣка, обманувшагося въ своихъ ожиданіяхъ Митюха сидѣлъ на ту пору у Волчихи и починивалъ своей невѣсткѣ пестерь дырявый, въ которомъ та носила кормъ скотинѣ.

Волчиха — замѣтилъ Митюха — была тоже не совсѣмъ въ духѣ. Косматый же, не смотря на то, что, повидимому, очень старательно занимался своимъ дѣломъ, подмѣчалъ все, что вокругъ него происходило; беретъ онъ бересту, а самъ однимъ глазомъ взглядываетъ на Волчиху; распутываетъ веревку руками и зубами, наклоняется, а все таки-присматриваетъ за Александромъ — и такъ-то ловко производитъ этотъ маневръ, что ни Александръ, ни хозяйка не замѣчаютъ его аргусовыхъ взглядовъ. Александръ продолжаетъ хмуриться: онъ то смотритъ сердито на Волчиху, словно съ укоромъ, то вдругъ переводитъ глаза на Косматаго — а глаза между тѣмъ точно вымолвить хотятъ: "Ну чтоже? Гони же его! Экій дьяволъ... Сидитъ себѣ и ухомъ не ведетъ, оборотень"... Волчиха тоже перебрасывается съ нимъ недовольнымъ взглядомъ, ясно говорящимъ: "Чтоже съ нимъ подѣлаешь? Сидитъ"... Волчиха, мысленно, казалось, пожимала плечами и строила гримасы, но такъ какъ она была сдержаннѣе Алексахи, то ея физіономія и не выражала всего того, что крылось въ глубинѣ ея души. За то Александръ — нараспашку душа — не умѣлъ скрывать своего неудовольствія: однѣ его надутыя губы говорили краснорѣчивѣе всякихъ словъ... Косматый чуялъ, что было не ладно, но Волчиху онъ еще не разгадалъ да и не разгадать бы ему, еслибы не помогъ самъ Алексаха. Серьезно хмурилъ Митюха брови, разглаживая дранки, и весь, повидимому,

41

погружался въ занятіе... "Какъ бы подвести такъ, чтобы закрыть это прорванное мѣстечко!" казалось, выражала его думающая, склоненная надъ пестеремъ фигура.

— Ну, запрягать, видно, идти! съ едва слышнымъ полувздохомъ проговорилъ ямщикъ, подымаясь съ лавки и потягиваясь.

Волчихѣ хотѣлось сказать ямщику что нибудь такое, что удержало бы его на постояломъ, но она смолчала, точно чувствуя, что Косматый слѣдитъ за нею.

Ямщикъ порывисто сталъ одѣваться, сердито опоясался своимъ краснымъ кушакомъ и со словомъ "прощенья просимъ" — пошелъ изъ избы.

Волчиха тронулась.

— Подожди! Чего торопишься-то?... сказала она поспѣшно.

— Да чего... ничего... объяснялъ Алексаха, нахлобучивая шапку.— Чего ждать-то!...

— Погоди!... Только и сказала Волчиха, только всего и было.— Александръ немедленно уѣхалъ, но для Косматаго было и того довольно: тонъ, какимъ говорила Волчиха при прощаньи съ Александромъ, встревожилъ его не на шутку.

Вечеромъ происходилъ у него крупный разговоръ съ хозяйкой.

— Для коего лѣшаго ты на него лѣзешь-то? Али еще не уходилась. Каждому дурню на шею о сю пору вѣшаешься... ворчалъ Косматый.

— Да ужъ отстань ты, привередникъ! брюзжала Волчиха.— Что ты мнѣ за указъ!... Развѣ ты не видишь, что парнюха-то сохнетъ...

— Ты-то, мотри, не засохни! проговорилъ Митюха, передразнивающимъ тономъ и проницательно заглянувъ въ глаза Авдодьѣ Васильевнѣ.— Не сдобровать намъ съ тобой!

— Ну, затянулъ опять! Охъ ты, прости Господи! Слыхали отъ тебя эту пѣсню-то, не напугаешь... Вотъ Богъ далъ дитятко непокладное... Волчиха усмѣхнулась и прихлопнула своего друга по плечу съ тою обычною фамильярностію, которая установилась между ними задолго до описываемыхъ на этихъ страницахъ происшествій.

— Слыхать-то слыхали, да, видно, мало! проурчалъ уже едва слышно угрюмый собесѣдникъ. Брови его не расходились и морщины не разглаживались: успокоительныя средства не достигали своей цѣли — мрачное подозрѣніе, заползшее ему въ душу, взволновало всѣ дикіе инстинкты его грубой, сильной натуры.— Такъ чего же онъ кобенится-то, ты мнѣ-то скажи? Чего онъ рыло-то отъ меня воротитъ? говорилъ немного погодя Косматый.

— Чудной онъ такой ужъ и есть! Чортъ знаетъ, что у него за повадки такія... объяснила уклончиво хозяйка.— Блажной онъ — вотъ что!

— И глядитъ-то на меня, ровно, съѣсть хочетъ, продолжалъ Митюха.— Да, нѣтъ! Шалить! Не таковскіе... Коли на то пошло — постоимъ! Кусаться хошь — такъ и у самихъ зубы не вывалились... погрыземся.— Глаза Митюхи сверкнули недобрымъ блескомъ...

Волчиха содрогнулась: ей стало ясно теперь, что Косматый догадался о многомъ, а въ томъ числѣ и о томъ, что Александръ смотритъ на него, какъ за докучнаго соперника, на него, на Митюху, который до того времени и вообразить не могъ соперника себѣ въ любви къ Волчихѣ...

Косматый отрекся отъ общественныхъ дѣлъ, много уже сходокъ пропустилъ онъ и именно потому, что во желалъ напоминать о себѣ міру: міръ сильно злобился на него и шли ужъ толки о томъ, что попу слѣдовало бы заставить Косматаго жениться на дворничихѣ, а не допускать распутства... Но ни Волчиха, ни Митюха на бракъ не соглашались...

По скорости же опять выпалъ нехорошій случай, который еще болѣе раскрылъ глаза Косматому.

Они — Александръ и Митюха — сидѣли опять у Волчихи. Долгое время не перепадало дождя, цѣлыя недѣли небо оставалось безоблачно, долго стояла томительная засуха, земля потрескалась... теперь сбиралась гроза. Черныя тучи тяжелыми клубами неслись съ запада, заволакивая небеса...

Волчиха, легко одѣтая, съ распущенными по плечамъ

волосами, усталая, сидѣла у окна и, тяжело дыша отъ духоты и жара, лѣниво отмахивалась отъ налетавшихъ мошекъ... Митюха возился съ старымъ хомутомъ, а Александръ время отъ времени перебрасывался незначительными фразами съ хозяйкой.

Тучи понадвинулись, прогремѣлъ громъ — и небо, изъ края въ край, стало все чаще и чаще загораться фосфорическимъ свѣтомъ молній; молнія иногда огневымъ зигзагомъ прорѣзывала густыя облака и мгновенно тухла; то вдругъ все небо, съ тучами и облаками, словно, загоралось, зажигалось трепетнымъ сіяньемъ и дрожало. Громъ далекими перекатами расходился въ небесныхъ пространствахъ и отдаленнымъ, глухимъ гуломъ замиралъ въ необъятной вышинѣ, гдѣ одна надъ другой громоздились, ползли тучи... Приближалась ночь.

Но вотъ страшныя, грозныя видомъ тучи обратились въ сѣрыя, одноцвѣтныя облака — пошелъ дождь... Въ избѣ сдѣлалось темно. Митюха кончилъ, между тѣмъ, свою работу, пришилъ послѣдній ремешокъ, собралъ дратву, шило, всякіе обрѣзки, вмѣстѣ съ хомутомъ положилъ ихъ на лавку и, словно, не замѣчая, какіе нетерпѣливые, недоброжелательные взгляды бросалъ на него молодой ямщикъ — улегся преспокойно на лавку и, подложивъ подъ голову руки, расположился соснуть, очевидно, нисколько не думая убираться ни къ чорту, куда его отъ всей души посылалъ Александръ, ни домой, куда желала бы его спровадить хозяйка. Александръ все настойчивѣе и настойчивѣе требовалъ глазами, чтобы Волчиха прогнала безцеремоннаго Митюху, но та мотала головой и оставалась въ нерѣшимости. Наконецъ терпѣніе Александра лопнуло — произошла сцена подобная прежней, съ небольшими варіаціями.— Поѣду-ка я! сказалъ ямщикъ вритворно-развязнымъ тономъ.

— Здорово поживаешь? отозвалась хозяйка тоже притворно-шутливымъ тономъ, съ шаловливо-серьезнымъ взглядомъ.— На дождь то-глядя? Али до костей-то больно ужь захотѣлось промокнуть?..

— Да ужь что же подѣлаешь? прежнимъ кислосладкимъ тономъ проговорилъ Александръ. Въ голосѣ его звучалъ упрекъ, жалоба звучала, ревность: "Ему или мнѣ надо уйти? Ты его не гонишь? Ну и оставайся. Оставайтесь... Гуляйте!.. Я, вѣдь, не такой нахальный — не разлягусь въ чужой избѣ, вонъ какъ этотъ чурбанъ... Ну да, хороша же и ты, срамница! А онъ чортъ... Точно дома у себя! Дьяволъ... Такъ бы и свиснулъ по головѣ-то чѣмъ попало... Ну да, ладно — гуляйте!.. Можетъ быть, Мютиха-то здѣсь не одинъ хозяинъ — еще, можетъ, есть... Нѣтъ! правды-то, видно, и во вѣки вѣковъ не дождаться отъ этой... Ни на грошъ у нея совѣсти-то нѣтъ... Смотритъ, вѣдь, такъ, что просто подумаешь: ей, и въ самомъ дѣлѣ, дѣлать нечего... А сказала бы: "убирайся, молъ, къ лѣшему!" Вотъ бы и весь сказъ! А-то какъ же! Нельзя никакъ: Митюша огорчится... Черти! Окаянные!" Въ продолженіе этого продуманнаго монолога, Александръ сталъ одѣваться.

— Да ты одурѣлъ, что ли? спросила хозяйка, позабывъ на ту минуту всю осторожность и, помня только, что Александръ опять заартачился и опять хлопотъ будетъ много,

— Ну, и одурѣлъ! отозвался ямщикъ съ такимъ видомъ, будто сказать хотѣлъ: "О насъ нечего безпокоиться? Мы такіе уже и есть — въ пренебреженіи находимся...."

Александръ вышелъ. Вышла за нимъ Волчиха.

— Чего ты манишь-то, полоумный! Дурака-то изъ себя для чего строишь? говорила она внушительно, остановившись въ сѣняхъ и плотно прихлопнувъ въ избу двери, въ то время, какъ Александръ взнуздывалъ лошадей и ругалъ коренника "бревномъ", а пристяжныхъ величалъ "вислоухими" и "одрами"...

— Счастливо оставаться! крикнулъ онъ, взбираясь на телѣгу и, точно, не слыша, что ему говорятъ съ крылечка шопотомъ, но очень, очень выразительно.

— Полно ты... послушай-ка... вѣдь я... постой!.. начала было Волчиха, смахивая слезу, но, видя, что тройка все-таки рванулась съ мѣста, пошла бъ избу, гдѣ Митюха сидѣлъ уже на лавкѣ, свѣсивъ ноги и свирѣпо смотря, то въ окно, то на дверь.

"Что это она? разсуждалъ Косматый самъ съ собою. Побѣсить меня, что ли хочетъ?.. Нѣтъ — не то... раздавлю я ихъ..." Митюхѣ казалось невѣроятнымъ, чтобъ Волчиха промѣняла его на какого нибудь пащенка, въ родѣ Алексахи; ему невѣроятнымъ казалось, чтобы Волчиха могла — хотя бы даже и захотѣла — полюбить другого; будь тотъ другой хоть семи пядей во лбу... Но, между тѣмъ, факты противорѣчили его убѣжденіямъ, его вѣрѣ. Зачѣмъ это уговариванье, откуда эта боязнь за Алексаху? Что они тамъ говорятъ въ сѣняхъ?

Послышавъ за дверями шорохъ, онъ опять повалился на лавку и принялъ прежнее положеніе, а Волчиха, придя въ избу, не пошла къ Митюхѣ, а скрылась за перегородку. Косматому чудилось, что она стоитъ тамъ у окна и смотритъ на отъѣзжающаго Алексаху — и какъ смотритъ! Косматому представился тотъ взглядъ, грустно-ласковый, жалѣющій, тоскливый, который посылала она на прощанье въ слѣдъ удалявшейся телѣгѣ — и этотъ воображаемый взглядъ привелъ Митюху въ ярость. Онъ скрипнулъ зубами я судорожно потянулся на лавкѣ и спихнулъ ногами хомутъ на полъ... Ему почудилось послѣ того, что Волчиха за перегородкой тихо вздохнула — по крайней мѣрѣ, онъ ожидалъ услышать вздохъ... Наконецъ Митюха всталъ, пододвинулся къ столу и, опершись на него, положилъ на руки свою косматую голову... Явилась Волчиха.

Тутъ Митюха неудерживался долѣе и излилъ всю свою ярость, выказалъ всѣ подозрѣнія грубо, безъ обиняковъ; ругалъ, клялъ все и вся, божился, что душу вытрясетъ у "этой сволочи", которая повадилась столь часто посѣщать постоялый дворъ, грозилъ и Волчихѣ... Авдотья Васильевна, по обыкновенію, обзывала его бѣшенымъ, весьма краснорѣчиво доказывая всю ошибочность, всю несправедливость его подозрѣній; съ жаромъ, который придается страхомъ близкой и великой опасности, показывала она смѣшную сторону его мнительности, выражая ту мысль, что онъ, Митюха, принимаетъ за человѣка простое чучело... Она просила не тревожиться и не тревожить ее пустыми страхами, не смѣшить ее глупыми выходками, предлагала ему вмѣстѣ съ нею лучше потѣшиться надъ молодчикомъ и увѣряла, что игра съ "этимъ парнемъ", ей стала уже наскучать и что скоро настанетъ тотъ день, когда она его прогонитъ.

Косматый слушалъ; многаго не слыхалъ, не понималъ, къ чему все это говорилось, но, узнавъ о намѣреніи Волчихи развязаться съ Александромъ, онъ немного поукротился и заставилъ замолчать расходившееся было чувство... Да и Волчиха блистательно выдержала свою трудную, тяжелую роль. Она переломила себя на этотъ разъ: ей плакать хотѣлось съ досады, что планы ея все растраиваются, что вражда между соперниками не умаляется, а напротивъ разгарается все сильнѣе, все жарче, такъ что въ печальной перспективѣ ей представлялся горькій исходъ, крушеніе всѣхъ ея надеждъ и желаній... Но теперь, переломивъ свое горе и видя, что ей удалось уломать Митюху, она повеселѣла и ей было уже не трудно пѣть и шутить со старымъ любовникомъ...

Волчиха ласками своими къ утру слѣдующаго дня заставила Митюху совсѣмъ почти забыть непріятности дня прошедшаго...

ГЛАВА IX

Пристань недалеко

Въ Горбачевѣ парень опять мучится и проклинаетъ. Проклинаетъ онъ Волчиху, "тварь двуличную, подлую обманщицу"; проклинаетъ Митюху, отжилающаго у него красавицу-дворничиху; проклинаетъ себя за то, что не можетъ удержаться на своемъ рѣшеніи: порвать всякую связь съ Волчихою...

"Поди-кось они вечоръ посмѣялись всласть надо мной, окаянные! Но переждалъ таки — уѣхалъ"... Такъ самъ себѣ Александръ бередилъ больную рану, и съ дикимъ наслажденіемъ ощущалъ эту боль. "Потѣшились они! Нѣтъ теперь ужь полно — не загляну на Верейкино!... Провались оно совсѣмъ!"...

Напрасныя пѣни, напрасныя рѣшенья, жесткія рѣчи и проклятья! Ничѣмъ ему не отбиться отъ Верейкинскаго постоялаго двора. Солонъ, горекъ достался Александру этотъ дворъ, а все-таки онъ плетется къ нему на своей тройкѣ. Думалъ ли онъ, подъѣзжая къ нему въ первый разъ въ ненастную ноченьку наканунѣ Покрова дня, что когда-то этотъ дворъ будетъ играть такую важную роль въ его дотолѣ простой, однообразной жизни безъ и я бурь, будетъ любимымъ предметомъ его думъ, его мечтаній? Думалъ ли онъ въ ту непогодную ночь, что онъ похоронитъ здѣсь свой покой, счастіе своей невѣсты, благосостояніе и добрую славу свою и своей семьи? Думалъ ли онъ, что съ той ночи начнется для него лихорадочное, тревоасное житье, станутъ выпадать на его долю минутныя радости, сладкія, безумныя и, въ безуміи своемъ, упоительныя, что горе и разочарованіе будутъ грызть его молодое сердце, что онъ будетъ горѣтъ огнемъ несгараемымъ, мучиться, какъ въ аду? Если бы его предупредили, что ждетъ его въ будущемъ, если бы какой нибудь пророкъ приподнялъ таинственную завѣсу съ дней грядущихъ и показалъ бы, что за ней таится — отказался ли бы онъ переступить роковой порогъ и просить пристанища въ томъ вертепѣ, въ которомъ въ эту ночь шла такая шумная, неистовая оргія? Нѣтъ, не отказался бы Александръ перенести дни мученій за минуты блаженства...

И вотъ онъ опять у Волчихи.

Волчиха первая начала разговоръ, попрекнула его тѣмъ, что онъ опять за старое принялся, что какъ ему не совѣстно обижать ее, бѣдную, что и такъ ужъ она отъ всѣхъ въ загонѣ, что онъ пожалѣлъ бы ее лучше, чѣмъ за одно съ людьми въ слезы вводить...

— Такъ чего же ты не прогнала-то его? спросилъ унылымъ тономъ ямщикъ.— Ровно, ты боишься его; ровно онъ у тебя здѣсь хозяинъ... Развалился и знать ничего не хочетъ... разобиженнымъ тономъ продолжалъ Александръ, надувая губы. Тонъ его рѣчи напоминалъ капризнаго ребенка, который плакалъ, плакалъ до надсады, до боли, а потомъ, утомившись, тихо всхлипывая, обратился къ нянькѣ съ брезгливымъ вопросомъ...

— Ахъ, вотъ оно что! протянула Волчиха и невольно улыбнулась, видя, какъ надулся ея милый возлюбленный Алексаша, этотъ бѣдовый ребенокъ.— Эхъ, ты! Ну, такъ слушай же? У меня видишь, съ Митюхой дѣла — денежныя дѣла. Дворъ-то, вѣдь, не нашъ... Ты какъ думалъ, ась? Его окупать еще надо, а ночлежниковъ-то, самъ знаешь, сколь много! Покойникъ мужъ-то на купеческія денежки дворъ-то построилъ...— Платить надо, значитъ... Вотъ Косматый-то по старой дружбѣ къ покойнику и даетъ мнѣ въ долгъ понемногу — и на томъ спасибо ему! Безъ него бы мнѣ что?! Послѣднее дѣло — какъ есть послѣднее! Такъ пойми; человѣкъ онъ нужный; съ нимъ нельзя обращаться по собачьи-то, какъ попало... Онъ захочетъ, такъ я со двора-то меня стуритъ, знаешь ты?... А ты еще говоришь, чтобы я прогнала его! Дурень! Много тебѣ пользы-то, что я нищенькой буду? А? Весело тебѣ станетъ, какъ меня въ острогъ-то засадятъ за желѣзную рѣшетку?... Не хотѣлось мнѣ говорить-то тебѣ этого, смущать тебя не хотѣлось — никому я этого не говорю... ну да ужъ!... У тебя не сыщется ли 15 рублевъ — мнѣ бы теперь больно надо?... Нѣтъ поди!... Что говорила Волчиха насчетъ долга-то вѣрно, но невѣрно то, что будто бы платилъ Косматый.

— Гдѣ тутъ 15 рублевъ.... откуда мнѣ ихъ взять? уныло отвѣтствовалъ Алексаха. Конечно, для того, чтобы освободить Волчиху изъ-подъ зависимости Митюхи, изъ-подъ зависимости нужды, онъ, не колеблясь, отдалъ бы все, что у него есть и

49

будетъ. Но такъ какъ у него ничего пока не имѣется, то и приходится смириться и смотрѣть на Косматаго, какъ на благодѣтельнаго генія, хранящаго для него Волчиху. Хотя этотъ геній и былъ сильно Александру не по вкусу, да что же дѣлать! Чтобы сталось съ нимъ, съ горемычнымъ, если бы да исполнились слова Волчихи, если бы посадили ее за желѣзную рѣшетку! Нѣтъ, пусть ужь остается Косматый благодѣтелемъ....

— А онъ, кажется, къ тебѣ того.... льнетъ то есть.... потому.... съ запинкой спросилъ Александръ.

— Мало ли что онъ льнетъ! отвѣчала Авдотья Васильевна.— Да я-то къ нему не такъ, чтобы.... Да онъ, вишь, получше тебя будетъ, не мучитъ меня. Не тычетъ онъ мнѣ подъ носъ, что, молъ, у тебя полюбовники, что такая ты сякая, негодящая.... Знай себѣ — молчитъ! Не приступаетъ ко мнѣ съ допросами.... И съ тобой онъ — ничего.... А ты! И-ихъ ты, неблагодарный! Ты то сообрази: онъ твою любовницу содержитъ... при этомъ Волчиха нѣжно поласкала Алексашу, поласкала такъ, какъ умѣла ласкать, когда хотѣла.... Отъ ласки этой растаялъ молодецъ совсѣмъ.

— Да, вѣдь, все же, Дуняха, могъ онъ уйти въ тотъ разъ? говорилъ онъ поразвеселившись.

— Саша! дождь, вѣдь, шелъ.... Вспомни-ка, непогодь какая поднялась на ту пору. Добрый хозяинъ собаки на дворъ бы не выгналъ.... Какой же ты немилостивый! внушительно замѣтила Авдотья Васильевна.— Да къ тому же у него и дома-то что-то неладится: онъ на брата да на семью его все работаетъ, рукъ не покладаетъ, самъ, поди замѣтилъ — все за дѣломъ корпитъ — а невѣстка, слышь, щей ему безъ воркотни не нальетъ... Маета! Но весело ему дома-то... Вотъ онъ и ходитъ сюда... Вонъ и образъ свой ко мнѣ на божницу принесъ: пусть, говоритъ, у тебя, Васильевна, стоитъ... Хорошій, вѣдь, онъ человѣкъ, ей Богу... Только съ виду-то суровъ ужь оченно... Ты все, Саша, дуешься на него, а онъ — вотъ тѣ Христосъ — къ тебѣ ничего... Никогда не хаетъ... А ужь роденька у. него — животныя неблагодарныя, просто — гады!...

Смягчившемуся Александру стало даже жаль Митюху, такъ красно описала Волчиха его горе-горькое житье въ домѣ брата, несправедливыя нападки на него деревенскаго міра, которымъ онъ подвергался, какъ-бы въ благодарность за свои услуги и старанье. Александръ досталъ съ божницы старый, почернѣлый образокъ, на которомъ былъ представленъ Димитрій Солунскій, скачущій на бѣломъ конѣ.

— Гм! Я думалъ, ворчалъ Алексаха себѣ подъ носъ, разсматривая образокъ,— я думалъ, что онъ... а онъ вотъ... гм! Ну, пусть его...

Волчиха угомонила своего юнаго любовника...

Но дѣйствительность доказываетъ, что людскіе планы часто — утопія, что желанія часто — иллюзія...

ГЛАВА X

Прекрасный вечерокъ

— Кони-то у тебя сегодня, кажется, не больно упарились... Прокати-ка, Саша! говорила Александру Волчиха подъ вечеръ одного яснаго іюльскаго дня, сидя съ нимъ въ избѣ подъ раскрытымъ окномъ и глядя на заманчиво-извивавшуюся и пропадавшую въ дали дорогу и на голубыя, безоблачныя небеса, прозрачныя, тихія, привольно раскинувшіяся надъ мирными вѣсами...

Митюха въ тотъ день ушелъ въ городъ и ранѣе завтрашняго дня быть не обѣщалъ; Авдотья Васильевна, давно уже искавшая удобнаго случая покататься на воронёнькихъ, не могла теперь отказать себѣ въ удовольствіи.

— Куда же мы съ тобой покатимъ? съ видимымъ удовольствіемъ спросилъ молодой ямщикъ.

— Все равно... хоть туда, по дорогѣ къ Осинскому лѣсу...

— Ладно!

По уговору Александръ уѣзжаетъ впередъ, за нимъ, уже немного погодя, выбирается Волчиха, запираетъ свой дворъ большимъ замкомъ; и спокойная и довольная идетъ по деревнѣ. Не поѣхать же съ Алексашей отъ самаго двора, а выйти пѣшкомъ изъ деревни и уже за поворотомъ дороги сѣсть въ поджидавшую ее телѣгу — было благоразумною мѣрою предосторожности, если взять въ расчетъ длинные, преболтливые бабьи языки. Когда встрѣтившаяся съ ней при выходѣ изъ деревни старушонка спросила ее: куда она, лебедушка, путь держитъ? Волчиха запросто объявила, что телушка у ней пропала, вотъ, ужъ четвертую ночь съ выгона не приходитъ, не ночуетъ дома, такъ она, Волчиха, пошла, значитъ, поискать ее по сосѣднимъ деревнямъ.... Старуха, выслушавъ такое объясненіе, Протянула "тэ-экъ", и пошла своей дорогой, намѣреваясь разсказать на деревнѣ о пропажѣ, случившейся у Волчихи. Авдотья Васильевна пошла своей дорогой.

Волчиха была счастлива, сбылось все то, о чемъ она мечтала. Она не желала лишаться ни Александра, ни Митюхи — и не лишилась ихъ, погналась за двумя зайцами и обоихъ поймала... Вотъ отчего такъ бодро, легко шла она по окраинѣ пыльной дороги. Вотъ отчего такъ весело, довольно, немного прищурившись, оглядывалась она по сторонамъ на желтѣвшіе овсы, на суслоны ржаные, растрепанными шапками торчавшіе тамъ и сямъ по колючей жнивѣ! Вотъ отчего съ такимъ наслажденіемъ впиваетъ она въ себя полною, здоровою грудью благоуханный іюльскій воздухъ!..

Быстро мчалъ ямщикъ Волчиху на своей лихой тройкѣ проселкомъ къ Осинскому лѣсу. Въѣхали они въ лѣсъ — дорога сдѣлалась неровна; выбившіеся изъ-подъ земли корни старыхъ деревъ, тряскія кочки, поваленные пни, разросшійся кустарникъ съуживали и безъ того не широкую дорожку.

— Знаешь ли, Дуня, говорилъ медленно, какъ бы раздумывая и припоминая что-то, Александръ, оборачиваясь къ Волчихѣ съ краятелѣги.— Знаешь что! Иногда этакъ поразмыслишь, раздумаешься по малости — тошно даже станетъ... Подумаешь такъ: возьметъ кто ни на есть да и разлучитъ насъ съ тобой... Никто про тебя и вѣсточки не подастъ... Страхъ да и полно!

— Выдумщикъ ты, Сашка! посмѣялась Авдотья Васильевна.— Пустое все...

— Такъ-то и я думаю,— да, вѣдь, что подѣлаешь. Иной часъ и не то еще въ башку-те лѣзетъ... Ну да, эхъ вы, соколики! прикрикнулъ ямщикъ — и лошади рванули и понесли телѣгу изъ лѣса и запрыгала телѣга по кочкамъ и пнямъ.

— Не задѣнь, смотри! Вонъ какой все бочажникъ... предостерегала его Волчиха.

У самой опушки лѣса Александръ остановилъ коней.

— Пускай передохнутъ! сказалъ онъ, слѣзая съ телѣги и намѣреваясь поправить обившуюся на коренникѣ шлею и пообтереть пѣну съ боковъ тяжело дышавшихъ лошадокъ.

Волчиха тоже сошла и ласково трепала пристяжную по шеѣ, гладила по мордѣ, разбирала ея волнистую гриву. Умно смотрѣлъ Воронко на Волчиху своими большими карими глазами и помахивалъ головой, словно благодаря ее за ласку.

— Вечерокъ-то сегодня какой прекрасный! начала Авдотья Васильевна, засматриваясь на развернувшуюся передъ нею великолѣпную картаву тихаго, благодатнаго, лѣтняго вечера... Картина была написана живыми, самыми свѣжими, яркими красками...

Но западъ тухнетъ, блѣднѣетъ, звѣзды ярче блестятъ и дрожатъ въ потемнѣвшемъ небѣ, лѣтняя луна во всемъ своемъ блескѣ выплываетъ изъ-за лѣса, весь ландшафтъ подергивается серебристымъ сіяньемъ...

Пока лошади щипали сочную траву, Волчиха съ Александромъ сидѣли подъ навѣсомъ стараго дуба. Мало они говорили...

— Ну, Дуня! говорилъ ямщикъ, опьянѣвъ отъ наслажденій.— Для того, чтобы мнѣ теперича разгуляться — нужно широкое мѣсто, больно широкое... Земли мало — во какъ мы раскинемся!

Александръ привсталъ и оглядывался по сторонамъ.

— Иди! куда ты? Посидимъ еще... предложила Волчиха, полулежа и теребя мохъ.

Александръ тотчасъ же очутился подлѣ нея. Крѣпко прильнулъ онъ въ ея труди и всѣ муки, всѣ пытки забылъ въ тѣ мгновенья... Теплый ночной вѣтерокъ проносился надъ землею и взбивалъ бѣлокурые волосы юноши, смѣшивая ихъ съ черными смоляными волосами Волчихи...

— Обними, обними же меня! лихорадочно, страстно стонетъ-молитъ Александра Волчиха, и обвиваетъ вокругъ его шеи свои горячія руки.

Вѣтерокъ разноситъ цвѣточные ароматы и обвѣваетъ ихъ лица... На нихъ надаетъ мѣсячный, трепетный свѣтъ...

— Ну вы, родимые! Эхъ вы, голубчики! Несите, выносите, покрикиваетъ ямщикъ на лошадей и телѣга летитъ въ полупрозрачномъ сумракѣ по полямъ и лугамъ, по которымъ кое-гдѣ въ ложбинкахъ стелется и ползетъ передутренній туманъ.

Крики ямщика будятъ спящую окрестность, будятъ не добудятъ крѣпко спятъ люди, вкушающіе, по заповѣди Божіей, хлѣбъ свой въ потѣ лица.... Воздухъ посвѣжѣлъ; на востокѣ позолотилось.... Сѣроватая пыль, поднимаемая телѣгой, не вьется, не поднимается уже клубами, но ползетъ низко въ сторону и скоро опускается на мураву и жниву, окропляемыя росою....

Недоѣзжая версты до Верейкина, Волчиха простилась съ Алексашей, тихо вступила въ спящую деревню и подошла къ своему двору.

Подошла и чуть не вскрикнула отъ изумленія и страха...

ГЛАВА XI

Послѣдній разговоръ

Сломаный замокъ валялся на землѣ, одна половинка воротъ стояла настежъ.... "Воры!" подумала было Волчиха, но потомъ цѣлый рой подозрѣній, догадокъ, одна другой мрачнѣе, закопошился въ ея головѣ.

Остановившись у крылечка, при помощи слабаго свѣта, пробивавшагося мѣстами сквозь соломенную крышу двора, она замѣтила какую-то тѣнь, тихо двигавшуюся въ дальнемъ углу, тамъ, гдѣ по лѣту стоятъ безъ всякаго употребленія старые сани, дровни, лежатъ лопаты, вилы, негодящаяся сбруя, гдѣ, обыкновенно, куры основываютъ на теплую пору свое мѣстопребываніе.

— Кто тутъ? окликнула Волчиха, берясь за скобку двери.

Тѣнь отшатнулась въ сторону и начала затаптывать ногами тлѣвшуюся на землѣ тряпицу... Заблистали искры и забѣгали.... Екнуло сердце у Волчихи; она признала Митюху.

— Митюха, ты что ли? Тебѣ чего тутъ? крикнула опять Авдотья Васильевна, машинально выпуская изъ рукъ дверную скобу.

Тѣнь, молча, приближалась къ ней... То былъ, дѣйствительно, Митюха, но Митюха болѣе блѣдный, съ болѣе всклокоченной головой, чѣмъ обыкновенно: походка его была по прежнему ровна, тверда, спокойна — и отъ этого спокойствія вѣяло холодомъ...

— Что же ты, неслухъ, не откликаешься-то, спросила хозяйка.

— Пусти! проурчалъ Косматый, отстраняя ее рукой, и вошелъ въ избу.

— Да чего тебѣ?... Что ты?... Волчиха чувствовала, что смущалась и никогда еще не ощущала она такого непреодолимаго страха къ Митюхѣ, какъ теперь.... Его ледяное спокойствіе лишало ее силъ...

— Я за образомъ пришелъ! проговорилъ Митюха, полѣзъ къ божницѣ и снялъ свой образъ. Обтирая пыль съ почернѣвшаго лика Дмитрія Солуньскаго, Косматый долгимъ, долгимъ взглядомъ посмотрѣлъ на Волчиху.... Волчиха продолжала безсознательно дѣлать вопросы; Митюха не отвѣчалъ, а все смотрѣлъ и смотрѣлъ на нее.. Наконецъ губы его зашевелились...

— Скоро вы ѣздите, Авдотья Васильевна! Хорошо катаетесь!... прошипѣлъ онъ. Зубы опять стиснулись, словно каждое произносимое имъ слово причиняло ему страшную боль...

— Я бы придушилъ тебя.... продолжалъ Митюха тѣмъ же ровнымъ, спокойнымъ тономъ, какъ и прежде.

Волчиха трепетала: ее било какъ въ лихорадкѣ... Оправдываться передъ Митюхой ей и въ умъ не приходило; ни къ чему бы не повело...

— Хотѣлъ было я дворъ запалить.... ну да.... началъ немного погодя Косматый.

Люди, подобные Волчихѣ, послѣ мгновеннаго смущеніи входятъ въ страшное бѣшенство, когда видитъ, что то, до чего они ухе достигали, вырвано у нихъ и унесено изъ вида вонъ, когда видятъ, что всѣ ихъ старанія остались напрасны, всѣ усиліи прахомъ пошли... Волчиха разсвирѣпѣла: къ неі возвратились ея силы, ея сознаніе и смѣлость....

— Ахъ ты, анафема! яростно возопила она и заблистала своими огневыми глазани на полюбовника.— Чего ты грозишься-то, гадина? Ребятъ стращай!.... Убирайся ты отъ меня въ лѣшему, да и глазъ ко мнѣ больше не показывай! Чтобы и духомъ твоимъ не пахло здѣсь!.... Убирайся!...

— Уйду! прошипѣлъ Косматый и взялъ образъ, который былъ поставленъ имъ на божницу къ Волчихѣ въ то хорошее время, когда постоялый дворъ считалъ онъ своимъ роднымъ угломъ, а Волчиху своею вѣрною, доброю женою, когда онъ на постояломъ дворѣ за перегородкой въ тихой бесѣдѣ съ любимой женщиной позабывалъ свои непріятности семейныя и тяжкое мірское горе...

Взялъ Митюха образъ и, не глядя ни на что, вышелъ изъ избы.

ГЛАВА XII

AU CLAIRE LE LA LUNE

Мѣсяцъ прошелъ послѣ изгнанія Митюхя....

Съ утра еще ушла изъ дома Авдотьи Васильевна за своей холстинкой, которая отдана была въ краску въ деревню, верстахъ въ десяти отъ Верейкина.

Свечерѣло.

Въ воздухѣ вѣяло осенью; пахло поблеклымъ листомъ, завядшими цвѣтами, гарью, дымомъ отъ овиновъ. Въ синевато-туманней дали вспыхивала зарница; полный мѣсяцъ выплывалъ изъ-за Осинскаго лѣса, наступила теплая, тихая ночь.

Авдотья Васильевна, не торопясь, шла по тропинкамъ. Она расчитывала: сколько аршинъ крашенины останется отъ сарафана.... Она раздумывала о томъ: отчего такъ долго не видать Алексаши — вотъ ужь скоро недѣля, какъ онъ въ послѣдній разъ былъ въ Верейкинѣ: "Проѣзжающихъ, видно, не случается.... Работы мало!"

Вдругъ послышался по дорогѣ топотъ на встрѣчу къ Волчихѣ, и черезъ нѣсколько минутъ въ облакахъ пыли остановился передъ нею сотскій на взмыленной, измученной лошади.

— Васильевна! Это ты? Иди... На слѣдствіе... тамъ вонъ... Допросы отбираютъ... крикнулъ сотскій, махая рукой и осаживая разгоряченнаго коня.— У Заполевскаго. овражка тѣло нашли... Становой!... Скорѣе!... и, поворотивъ гнѣдка, онъ полетѣлъ стремглавъ обратно по указанному направленію.

"Что за притча!" подумала Волчиха, перешла Заполевскій оврагъ и увидала у лѣсной опушки, на подсѣкѣ, толпу людей, безмолвно стоявшихъ вокругъ чего-то и слушавшихъ одинъ громкій, повелительный голосъ.

— Онъ у ней, значитъ, приставалъ, что-ли? Скажете ли вы толкомъ-то? громко спрашивалъ говорившій.

— Это точно, точно! У ней, у самой... поспѣшно отвѣтствовали изъ толпы.— Да вонъ и она... Васильевна сама идетъ...

У Волчихи сердце захолонуло.

Толпа между тѣмъ взволновалась, затерла ее незамѣтно въ середину, скоро выдвинула ее впередъ... Оглянулась Волчиха и увидала погорѣлые, выкорченные пни, выжженную землю, головни, груды сушняка и тутъ же между головнями увидала она окровавленный трупъ... Лучъ мѣсяца скользнулъ по бѣлокурымъ волосамъ, взъерошеннымъ, прилипшимъ къ вискамъ, упалъ на посинѣвшее, искаженное лицо, запятнанное грязью и кровью, палъ на разодранную, сѣрую поддевку и на пеструю ситцевую рубаху... Упалъ блѣдный мѣсячный лучъ и на полуоткрытые потухшіе глаза — и глаза мертвеца при этомъ мгновенномъ, бѣгломъ освѣщеніи, словно моргнули... Дохнулъ вѣтерокъ — заколыхалась высокая, сочная осока и бросила тѣнь на страшные глаза, тѣнь качнулась и побѣжала по блѣдному лицу...

Нѣсколько секундъ Волчиха стояла недвижима, какъ статуя. Точно прикованная какими-то чарами, но могла она оторвать своихъ глазъ отъ трупа. Волчиха на мгновенье застыла, замерла... Передъ ней, у ногъ ея лежалъ Александръ бездыханенъ, съ перерѣзаннымъ горломъ...

Волчиха очнулась, повела глазами и уставилась на Косматаго, который стоялъ насупротивъ ея у трупа.

— А-а, дьяволъ! Это ты его... ты!.. съ сосредоточенною ненавистью вскрикнула Волчиха, задыхаясь отъ злобы и отчаянія.— Это ты!..

Въ этотъ моментъ Волчиха забыла, что своими словами она прокладывала Митюхѣ путь дальній, отдавала его въ руки нещадныхъ враговъ, давно уже точившихъ на него зубы, посылала его въ каторгу, лишала верейкинскій міръ заступника и борца... Но вдругъ все это мелькнуло передъ ней...

Отъ ужаса при этой мысли, въ отчаяніи при видѣ убитаго, она застонала и безъ чувствъ повалилась на обозженную землю.

Близко гдѣ-то въ кусту малинника проснулась птичка и чирикнула, за лѣсомъ кто-то гаркалъ свою буренушку, въ лѣсу кто-то аукнулся...

Становой приказывалъ вязать и везти Волчиху и Косматаго, а самъ шелъ къ своему тарантасу...

Толпа молча разступалась...

ПЕРЕД ПОТУХШИМ КАМЕЛЬКОМ

В тот вечер я решительно был не в духе. Да как же!.. Святки на дворе, а я сижу дома один-одинехонек. Насморк, кашель, грудь заложило...

Я отворил дверь из кабинета в залу и с горя принялся шагать но комнатам взад и вперед. В свое время, то есть в десять часов, моя экономка Анна Ефимовна подала мне чай. А я, заложив руки за спину, продолжал шататься из угла в угол. Одиночество в тот вечер тяготило меня. Старый холостяк в будни не так сильно чувствует свое одиночество, как в свободное праздничное время. Хотелось бы душу отвести, поговорить с кем-нибудь откровенно. А тут, как назло, нездоровье заставило меня сидеть дома. Да и то сказать, с кем же я мог бы поговорить так, как мне хотелось? Ни родных у меня, ни друзей... знакомых, правда, много, пожалуй, хоть отбавляй... Но эти знакомые, эти партнеры-винтеры,— вовсе не то, что мне надо... Да и тех-то теперь нет под руками... Анна Ефимовна? Женщина очень почтенная, слов нет, точная, аккуратная, и за пятнадцать рублей в месяц превосходно ведет мое хозяйство, и служит мне верой и правдой, то есть — ворует по мелочам, в меру. Но о чем же разговаривать с ней? Выслушивать опять ее рассказ о том, как она жила в Царском Селе у старой генеральши Хреновой и чесала гребнем ее четырнадцать болонок?.. С ней можно пошутить, потолковать насчет обеда — и только... Без всякого аппетита выпил я стакан чаю, налил другой и ушел с ним в кабинет.

— Прикажете убирать? — немного погодя спросила Анна Ефимовна, показываясь в дверях.

— Да, я больше не буду пить! — ответил я ей.— Убирайте! И можете ложиться спать...

Я сам затопил камин, придвинул к нему круглый столик и поставил на него свой стакан с чаем и небольшой граненый графин с ямайским ромом настоящего елисеевского приготовления. Затем я потушил свечи на письменном столе, подкатил к камину кресло и удобно расположился в нем.

61

Методически, не торопясь, я положил на стакан ложечку, опустил в нее кусок сахара и облил ромом. Синевато-бледный огонек забегал над стаканом, а я стал смотреть на него. Скоро огонек стал опадать, заметался, вспыхнул раз-другой и погас. Понемногу прихлебывая, пил я горячий напиток... В квартире было тихо; Анна Ефимовна, очевидно, уже отправилась спать. Допив стакан, я поставил его на стол, закурил сигару и, откинувшись на спинку кресла, стал смотреть в камин. Дрова разгорались, и порой, когда ветер задувал в трубу, из камина слегка припахивало горящей березовой корой. Этот знакомый запах напомнил мне мое далекое детство... Весело проводил я тогда святочные вечера.

В то время я жил в родном Михальцеве с отцом, с матерью, сестренкой Олей и с моей няней-баловницей, Максимовной. Для меня в саду устраивали гору, по вечерам зажигали елку... Мать, по-видимому, очень любила меня. Я помню, как она разглаживала мои русые кудри, как ласково гладила меня по голове и крепко целовала. Ее поцелуи, признаться, мне не особенно нравились; я гораздо охотнее целовался украдкой с горничными девчонками. Отец не раз собирался посечь меня за шалости, но мать всегда за меня заступалась. Я слышал однажды, как она нравоучительным тоном говорила отцу:

— Прошу тебя... оставь, пожалуйста! Ведь таким наказанием можно выбить из ребенка всякий стыд!

Конечно, я был очень благодарен за ее заступничество,— но только она совершенно напрасно сокрушалась за мое чувство стыда. Это чувство уж было утрачено. Я боялся только физической боли, но розги как позор нимало меня не смущали...

Все они — отец, мать, и сестренка, и няня — уже давно ушли туда, откуда никто не приходит... Михальцево куплено каким-то кулаком, и знакомые, милые липы уже давно срублены. Моя детская быль мохом поросла...

Потом мне припомнилось, как гимназистом, в нашем губернском захолустье, я ездил на святках с товарищами маскированным в знакомые дома; танцевали, шалили, кутерьмили. Но в то время как мои товарищи украдкой курили папиросы и самым невинным образом ухаживали за барышнями, я простирал свои виды уже далее простого ухаживанья. Приятели звали меня "удалым". Шумно и бурно прошли студенческие годы. Какие многолюдные, оживленные сборища бывали у нас в ту пору! Иной раз только рубль в кармане, а смеху, веселья, светлых надежд и мечтаний столько, что богачу и за миллион не купить... Впрочем, деньгами я никогда не участвовал в товарищеских кутежах. У меня — такое правило: денег напрасно не тратить... И эта ранняя зеленая юность уже давно отлетела и кажется мне теперь сном. Кудри мои развились, поредели, и на темени у меня блестит изрядная лысина.

Теперь, могу сказать, я — человек вполне обеспеченный. Из Царевококшайского железнодорожного правления я получаю (с наградами) около двух тысяч в год, да кое-что припрятано в банке. Кажется, можно бы жить и пользоваться благами мира сего. Но прежнего аппетита нет, вкуса нет. Ничто меня особенно не манит, не тянет меня никуда... Вот только разве еще "винт". Оставался у меня из родных один дядя, да и тот помер лет десять тому назад; дочь его вышла замуж за какого-то инженера и уехала с ним в Самарканд или за Самарканд,— бог ее знает. Впрочем, эту двоюродную сестру я почти не помню. Помню только, что все лицо ее, кажется, было в веснушках. Друзья, товарищи студенческих лет, все куда-то запропали, исчезли... Вот уж подлинно — "спрятаться так хорошо мы успели, что после друг друга найти не сумели". Иной дошел "до степеней известных", иной затонул в провинции, кое-кто умер, а две-три горячие головы попали даже в места довольно холодные.

Впрочем, один из моих университетских товарищей, Черемухин, долго шатался ко мне и иногда захаживал даже довольно часто. Он был замечательный образчик человеческой натуры, феномен в своем роде, словом — один из могикан шестидесятых годов. Он ужасно любил пофилософствовать и горячо рассуждал о мире всего мира, о бедных и богатых, о добре и зле — и пес его знает еще о чем. Это был человек крайне тупой и ограниченный. Один мой знакомый очень метко называл его "прямолинейным ослом". Черемухин не мог понимать самых простых вещей, не мог, например, сообразить того, что вчерашние понятия и разговоры сегодня могут уже наскучить, а завтра и окончательно выйти из моды. Этот мудрец, зимой щеголявший в летнем пальто и во все времена года ходивший в отрепанных штанах и мечтавший покрывать чужие крыши, когда его собственная протекала, наконец надоел мне до смерти со своими банальными рассуждениями о добре и зле и вечным приставаньем за деньгами. То дай ему "рублик", то два и каждый раз почти обязательно ставь перед ним водку. Налижется как стелька и лезет с мокрыми губами целоваться. Я сам — человек трезвый и пьяниц не выношу... Иной раз еще расплачется. "Ах, говорит, доля моя, доля! Где ты запропала?" А то вдруг страшным голосом примется распевать: "Свободы гордой вдохновенье, тебя не ведает народ..." Ну, просто устраивал у меня безобразие.

Кончилось тем, что я приказал Анне Ефимовне не принимать эту шушеру. После того он заходил ко мне несколько раз, и я слышал, как он однажды, спускаясь с лестницы, по-видимому чрезвычайно усталый, измученный, бормотал сквозь зубы: "Разжирел! Бедняка товарища не хочет знать... Чиновник!.." И с какой-то горечью он всегда произносил это слово! Что ему сделали чиновники, черт его знает!.. Он, очевидно, сердился и каждый раз так неистово дергал звонок, что заставлял меня вздрагивать, и мои несчастные нервы после того положительно расстраивались. В последний раз, уходя от двери не солоно хлебавши (дверь в моей квартире — постоянно на цепочке), он остановился на площадке, и я слышал, как он крикнул Анне Ефимовне: "Скажите вашему барину, что он — свинья! Он думает, что я к нему только за деньгами хожу или ради водки! Наплевать мне, говорит, на его водку! А целковые я ему возвращу... Мне поговорить с ним хотелось. Я ведь, говорит, прежде любил его, скотину!" Он, очевидно, в то время был чем-то сильно огорчен и взволнован,— но все-таки с его стороны было довольно бестактно таким тоном говорить обо мне с прислугой...

Вот уже лет шесть или семь я не вижу Черемухина. Жив ли он? Пресмыкается ли где-нибудь "в углу" и по-прежнему трактует о добре и зле? Или, может быть, уже успокоился и лежит теперь на каком-нибудь из петербургских кладбищ? Подчас был ужасно неприятный человек. Ну да бог с ним! Я зла не помню... А долгу — рублей десять — двенадцать — он мне все-таки не возвратил... В тот вечер одиночество до того тяготило меня, что, право, мне кажется, если бы явился Черемухин, я принял бы его и даже был бы ему рад. Я был бы, пожалуй, не прочь послушать его "завиральных" (либеральных) рассуждений о правде и кривде, о добре и зле и о всякой чепухе. Может быть, он опять попросил бы у меня "рублик" и уж наверное вылакал бы у меня весь ром. Ну, да это — не беда...

Странно! Вокруг меня — целый мир, все человечество, а я между тем чувствую себя отрезанным от мира, совсем одиноким, словно живу на каком-нибудь необитаемом острове. Да! именно так... Я живу на острове Личного Благополучия.

Березовые поленья в камине уже прогорали. Я засмотрелся на груду красных, горячих угольев и смотрел на них так долго, что глаза мои стали невольно смыкаться, и на меня напала дремота. Но я не спал, честное слово не спал... Я даже порой приоткрывал глаза и видел перед собой, как в тумане, ту же груду красных угольев...

Вдруг мне показалось, что кто-то подошел сзади к моему креслу... не подошел, а, осторожно, на цыпочках, тихо подкрался. Было мгновенье, когда мне даже почудилось, что кто-то наклонился надо мной, чье-то дыхание коснулось моей щеки, и этот кто-то, неслышно подкравшийся ко мне, нежно, чуть дотрогиваясь, провел рукой по моим волосам, как бы желая погладить, приласкать меня... Я не выдержал, раскрыл глаза и, круто повернувшись в кресле, оглянулся назад. Это движение мне стоило больших усилий: мне ужасно не хотелось оглядываться; мне было очень трудно повернуть голову. Так во сне иногда бывает трудно пошевелить рукой или ногой, хотя — по ходу сна — ясно сознаешь, что от этих движений зависит вопрос о жизни и смерти...

Я от природы — не трус.

Но тут, перед камином, в этот несчастный святочный вечер, куда вдруг девалось все мое мужество!.. С усилием оглянувшись назад, я увидал за креслами довольно высокую, белую, призрачную фигуру. И этот призрак не то с укором, не то с сожалением тихо покачивал головой. Так по крайней мере мне почудилось одно мгновенье. В действительности, разумеется, не было никакого призрака. Людям в здравом рассудке — таким, как я, привидения не являются. А дело было очень просто... Из залы, где горела лампа, свет полосой проникал в кабинет через отворенную дверь и падал на белую тюлевую занавесь у окна. Моя комната была погружена в полусумрак, и оттого белая занавесь, ярко озаренная, слишком рельефно выступала в окружающей ее темноте в могла на одно мгновение превосходно разыграть роль призрака... Сердце мое все-таки сильно билось, как будто я в самом деле пережил какую-нибудь действительную опасность; руки мои похолодели, и по спине пробежал какой-то неприятный озноб. Для того чтобы подобной истории не повторялось, чтобы опять не сделаться игрушкой своего собственного воображения, я встал, зажег свечи на письменном столе и, прикрыв их зеленым абажуром, возвратился к камину.

Пошевелив щипцами горячие уголья, я поудобнее уселся в кресле и постарался думать о деловых предметах — о движении по службе, о гадательной возможности выиграть двести тысяч, о дешевизне шерстяной материи, подаренной мною Анне Ефимовне на Рождество, и тому подобном. Но я опять загляделся на уголья, и опять эти несносные воспоминания полезли в голову. И откуда они берутся, прах их знает! целые годы лежат где-то там, под спудом, а тут вдруг откуда ни возьмись и начнут выплывать...

И живо-живо, вот точно на картине, представился мне тот святочный вечер, когда я впервые встретился с нею... Я был в одном знакомом семействе; танцевали, только что кончили кадриль. Был уже час двенадцатый... Вдруг послышался звонок. Колокольчик чуть дрогнул, но в тишине, последовавшей за танцами, его слабый, дребезжащий звук явственно раздался в комнате. Запоздалый гость...

В залу вошла очень молоденькая барышня, лет семнадцати, высокая, стройная и с чудесными белокурыми волосами, Елена Александровна Неведова!.. Когда меня представили этой прелестной незнакомке, я крепко пожал ей руку, с удовольствием оглядев ее всю с ног до головы. Большие голубые глаза, весело смеючись, прямо и доверчиво посмотрели на меня. Спору нет, всегда скажу: хорошие, красивые глаза. Но я почему-то никогда не мог открыто, пристально смотреть в эти глаза. Слишком уж детски-невинны, слишком как-то ясны и чисты были они... Когда мои глаза встречались с этими голубыми детски-простодушными глазами, мне сдуру казалось, что они каким-то чудом могут увидать все то, что скрывается на дне моей души...

Обыкновенно не перлы и адаманты кроются в тайниках человеческой души. Эти тайники по большей части представляют собой нечто вроде мусорных ям, и обнаружить

66

перед светом их содержимое — мне по крайней мере — кажется несравненно позорнее и стыднее, чем показать людям свою телесную наготу...

Помню: в ту минуту, как я пожимал ей руку, свежим, студеным воздухом и запахом фиалок повеяло на меня от ее платья, от рук, от ее разгоревшихся на морозе щек, от ее роскошных белокурых волос... Я танцевал с ней и потом, разговаривая, довольно долго ходил с ней по зале. Она была ни слишком полна, ни худощава, а именно такова, какою, по моему мнению, должна быть "здоровая" девушка в ее лета... Высокие стройные мягкие женщины были всегда в моем вкусе. С женщиной полной и небольшого роста я еще могу мириться, но женщин субтильных, подобных скелетам, представляющих собой ходячие "кости да тряпки", не выношу. Женщин вроде моей новой знакомки я звал "аппетитными", но аппетитнее Елены Александровны я еще не встречал девушек. Понятно, мне было очень приятно созерцать ее прекрасно развитые, девственные формы, и я с нескрываемым восторгом, на правах кавалера, смотрел на ее щеки, залитые горячим румянцем, румянцем юности и здоровья. Мне в то время было около тридцати лет, и мне показалось, что я произвел на нее также приятное впечатление... Нянька Максимовна недаром звала меня "красавчиком"; зеркало подтверждало справедливость ее приговора.

Двадцать лет прошло после того, а я и теперь помню Неведову такою, как увидал ее в тот святочный вечер. На ней было простенькое серое платье; на груди, на тонкой золотой цепочке, блестел золотой крестик с черной эмалью, усыпанный мелкими бриллиантами, ее единственное ценное украшение (вероятно, купленное по случаю), на голове голубая лента (копеек по тридцать аршин, не дороже). Конечно, я скоро сообразил, что девочка соблазнительно красива, что поближе познакомиться с ней очень лестно, но, ясное дело, в жены для меня эта красавица не годилась. Ценз не вышел... Я в тот же вечер уже все разузнал о ней.

Елена Александровна была сирота, дочь какого-то несчастного сорокарублевого чиновника, жила с матерью да с маленьким братом и давала уроки, бегая с Торговой улицы на Васильевский остров и куда-то к Таврическому саду. Дело знакомое... Благородная бедность... Идиллия в разбитом горшке!.. Иные женщины в дырявых платьишках, я знаю, чрезвычайно любят гордиться своими добродетелями. Все это старые истории, давным-давно заезженные, общие фразы!

Я стал часто встречаться с ней у знакомых и все больше и больше влюблялся. Наконец, как водится, я начал заговаривать с Неведовой о "чувствах", но, как назло, то "чувство", которое меня всего более интересовало, которое всего пуще мне хотелось расшевелить в ней, не подавало и признака жизни; оно или еще спало, или оставалось в полудремоте. Но по всем моим предположениям, в такой вполне развитой, здоровой девушке "чувство" должно было спать очень легким, чутким полусном, и пробудить его, мне казалось, не особенно трудно.

Елена Александровна слушала, слушала мои рассуждения о "чувствах" и вдруг однажды огорошила меня совершенно неожиданным замечанием.

— Что это, Алексей Петрович, вы все о любви... Как это скучно! Разве же нельзя поговорить о чем-нибудь другом! — с оттенком легкой досады и нетерпения сказала она мне.

"А! так вот оно что...— подумал я.— Надо, значит, с серьезных разговоров с тобой начинать!.. Ладно".

В ту пору очень многие находили нужным толковать и писать о женской равноправности, об общем благе, о гражданской скорби и тому подобном. Я, признаться, никогда особенно не вникал в эти вещи: мне до них не было никакого дела. Что мне Гекуба?.. Ну, а теперь поневоле пришлось почитывать тот или другой журнал и разные "передовые книжки". До того времени я читал только свою газету, правленские отчеты да "Стрекозу"... После такого чтения, натурально, мне показалось слишком тягостно приниматься за книги и журналы.

Зеваешь, бывало... скучища дьявольская! Иная статья написана так, что ее два раза надо было прочитать, чтобы сообразить, о чем идет дело, и потом быть в состоянии рассуждать о ней с Еленой Александровной. А возьмешь, бывало, иную "хорошую" переводную книжку, так еще и того тошнее: точно по болоту бродишь, то на пень наскочишь, то за кочку запнешься, то увязнешь чуть не по уши в какой-нибудь философской трясине... Но зато я добился своего: Елена Александровна стала внимательно слушать меня и гораздо лучше ко мне относиться...

Иногда вечером я провожал ее до дому. С Надеждинской до Коломны — не близкий путь. Иной раз мы ходили пешком, а в дурную погоду я иногда с полдороги брал извозчика. Двугривенные и пятиалтынные так и летели. А двугривенных да пятиалтынных в ту пору у меня было еще не особенно много... Но что же прикажете делать! Влюбился!.. Влюбился... и бегал я за своей красавицей, поистине сказать, как мартовский кот. Тоска бывала ужасная... Толкуешь о политике, о разных общественных вопросах, о рабочих союзах, о стачках, о всякой белиберде, а у самого страсть так и клокочет... Иной раз просто доходил до бешенства. Наконец, по некоторым признакам, я стал замечать, что и в юной красавице кровь заиграла... Иногда, сидя со мной наедине, она вдруг вся вспыхивала, голос ее становился нежнее; она чаще взглядывала на меня украдкой, и взгляд ее становился как-то мягче, приветливее.

Однажды, проводив Елену Александровну до дверей ее квартиры, я стал прощаться. Огонь на лестнице был уже погашен; в окна пробивался сумеречный свет лишь настолько, что я мог видеть ее лицо и белое крылышко на ее шляпке. Когда я пожимал ей руку, меня вдруг осенила мысль: "Не пора ли?" И под наитием осенившей меня мысли тут же, впотьмах, на грязной площадке лестницы, я в первый раз сказал ей: "люблю!", обнял ее и горячо, страстно поцеловал... Я, грешным делом, думал, что она оттолкнет меня (она была одного роста со мной и очень сильная) или по крайней мере с жестом, "исполненным негодования", отстранится от меня и скажет: "Оставьте! Уходите, уходите, пожалуйста!" Не тут-то было... Она была слишком чиста душой, слишком невинна и наивна для того, чтобы кокетничать и разыгрывать комедию. Она одной рукой обняла меня за шею и возвратила мне поцелуй.

Ввиду такого благоприятного оборота дел я было уже намеревался повторить объятия, но она в ту минуту дернула за колокольчик и совершенно просто сказала мне:

— Приходите в воскресенье! Я познакомлю вас с мамой...

Любил ли я ее? Без сомнения, любил — по-своему, как только мог. Она мне нравилась, она неотразимо влекла меня к себе... Мне страстно хотелось обладать ею, то есть ее красивым телом... ну, пожалуй, и душой, но лишь настолько, чтобы эта самая душа не препятствовала моему приятному времяпрепровождению.

Я стал часто ходить к Неведовым. Они нанимали маленькую квартиру в пятом этаже,— две комнаты и кухня. Одну комнату занимали мать с дочерью, а в другой помещался, то есть спал и готовил уроки, Вася, братишка Елены Александровны, и эта же последняя комната служила столовой и гостиной. Сама г-жа Неведова была какое-то вечно хворое, жалкое, слезливое созданье. Вдруг, бывало, она начнет плакать о том: что будет с ее Леной, когда она, старуха, помрет? или кончит ли Вася в гимназии?.. "Вот и на прошлой неделе получил двойку из арифметики"... А Вася в то же время ходит по комнате и с ожесточением зубрит: "Panis, piscis, crinis, finis, ignis, lapis, pulvis, cinis, orbis, amnis, et canalis, sanguis, unguis, glis, amialis"[1].

Лена сидит тут же с книжкой и читает статью какого-нибудь Добролюбова... А из кухни несет чадом, пахнет кислой капустой, пригорелым салом. Просто иной раз выйдешь от них и чувствуешь, как будто побывал в доме умалишенных...

А страсть моя к Леночке все пуще разгоралась и стала меня вводить в совершенно ненужные затраты. Так, например, я купил однажды Васе какой-то недостававший ему учебник и заплатил, помнится, около рубля с полтиной; также принашивал Леночке то коробку конфект, то яблоков или винограду. Она, положим, всегда отказывалась и говорила: "Не нужно, не нужно! Зачем вы это делаете?" — и даже очень мило надувала губки. Охотно верю, что она не нуждалась в гостинцах и без них могла любить меня... Но ведь мне оттого было не легче: в магазин обратно яблоки или конфекты не возьмут и денег не возвратят. И я с любезной, снисходительной улыбкой должен был смотреть, как Вася с изумительной быстротой пожирал мои приношения.

Мать даже подговорилась к тому, чтобы я давал уроки ее обжорливому сынку. "Лена так утомляется!.." — говорила она. Стал давать уроки. Что человек влюбленный положительно глупеет — факт, не подлежащий сомнению и подтвержденный историей всех времен и народов. Я был влюблен — значит, и поумнеть не мог... Мальчишка нередко доводил меня до бешенства. А Леночка, бывало, ласково гладит по голове этого дуботолка и говорит:

---

[1] Хлеб, рыба, волосы, конец, огонь, камень, пыль, прах, круг, река и канава, кровь, ноготь, соня (животное), анналы. (Список исключений из правила склонений латинских имен существительных.)

— Вы уж не сердитесь на него, Алексей Петрович! Ведь он старается... Право!.. Только он у нас немного рассеян, и такой робкий, застенчивый....

А я с яростью смотрю на него да думаю: "Застенчивый!.. Взять бы тебя — разложить да выпороть хорошенько..."

Редко мне удавалось оставаться с Леночкой наедине: то мать, то Вася около нас торчали (впрочем, полагаю, без злого умысла), да и эти редкие случаи свиданий наедине мало доставляли мне удовольствия. Леночка иногда бывала нежна ко мне: то позволяет себя целовать и сама как будто ищет моей ласки, смотрит на меня так любовно... А то проходит неделя-другая, Леночка меня совсем как будто не замечает, носится с Боклем или Льюисом и заводит ученые споры. Ну просто смерть моя!.. Я, конечно, старался соглашаться с ней и норовил лишь обнять ее. А она в своем увлечении отталкивала меня и продолжала с жаром толковать о своем...

Пришла весна. Петербургские дворники сгребали грязь в кучи, а там, где-то за Петербургом, запели соловьи. Наступило лето,— соловьи замолкли, а вместо того в "Аркадии" и "Ливадии" раздались шансонетки, и любители изящного собирались туда по вечерам смотреть на полуобнаженных женщин.

Неведовы в видах экономии еще в начале мая перебрались на дачу по Финляндской железной дороге, неподалеку от Петербурга (Вася остался у знакомых на время экзаменов). Я каждый праздник ездил к Неведовым, а в июле взял отпуск и поселился с ними по соседству. Вася гостил почти все лето у товарища, где-то за Петергофом. Старуха часто прихварывала, а когда ей бывало легче,— я с Леночкой по целым дням пропадал в лесу.

В этом величавом, немного мрачном сосновом лесу мы провели свой медовый месяц... Сосны вековые, могучие,— сосны тенистые, пахучие. Как вы были прекрасны в ту пору! Полна волшебства, полна обаяния была ваша чаща в горячий, полуденный час и задумчива, таинственна в тихий час вечерних сумерек...

Леночка была прелестна в своем летнем костюме и в соломенной шляпе с пучком неувядаемых французских цветов... Бестолковое, лихорадочное, но все-таки очень приятное время. Ясное небо, смолистый запах сосен, мягкий мох под ногами, цветы... восторги, объятия и поцелуи, бесконечные, жгучие, страстные. Нет, в то время положительно сосны были зеленее и пахучее, нежели теперь, цветы ярче, небо синее... Бывали такие дни, когда я, пожалуй, был готов не на шутку сделаться поэтом и декламировать Майкова и Фета.

Блаженные дни... что и говорить! А мой отпуск в свое время все-таки кончился; пришлось перебраться в Петербург. И здесь, сидя в правленье, перебирая косточки счетов и закатывая глаза в потолок, по-"влюбленному", я, бывало, как дурак, шептал про себя: "Какие дни! Какие ночи!.." А дома иной раз от нечего делать, лежа в постели, я рисовал карандашом Леночку в профиль, en face и во всевозможных позах... Ребячество...

Мы, конечно, переписывались. И какие письма сочинял я!.. Знаки восклицательные, многоточия, подчеркнутые слова, намеки — иногда довольно нескромные, но для проницательных читателей мало интересные... Моих намеков Леночка, кажется, не понимала, как девушка еще не вполне "образованная", а за подчеркнутые фразы она бранила меня в своих письмах. Ее стыдливость, ее нравственная порядочность разжигали мою похоть, как ветер раздувает огонек; ее скромность и сдержанность подзадоривали меня идти далее в опереточном направлении, и я еще усиленнее изощрялся в придумывании различных шуточек...

В сентябре Неведовы переехали в Петербург, а в октябре старуха отдала Богу душу. Один из ее старых знакомых поместил Васю в какую-то частную гимназию. Я нанял квартиру на Фурштадтской, и мы с Леной зажили, как муж с женой.

Леночка, вероятно в силу "благородной гордости" и доверия ко мне, о браке не заговаривала, у меня тоже были свои причины помалкивать и сохранять для себя свободу действий. В общем, все шло прекрасно. Положим, расходы мои увеличились,— но что ж делать! Ведь мне все равно — рано ли, поздно ли — пришлось бы тратиться на содержанку или платить какой-нибудь... Там, глядишь, я мог бы нарваться на дрянь, на какую-нибудь паршивую, нахальную бабу, а тут уж по крайней мере девушка заведомо порядочная, честная, "барышня" из благородного семейства, притом — вполне здоровая...

Около того времени нас (или, вернее сказать — меня) постигло большое горе. Леночка оказалась в таком положении и сильно подурнела; лицо ее побледнело, временами покрывалось красными пятнами, стан ее слишком пополнел, и оттого вся ее фигура испортилась. Не понимаю: почему это положение зовут "интересным"!.. Пришлось перешивать платья, переделывать кофточку, пальто. Надо признаться, что Леночка, несмотря на молодые годы, очень терпеливо переносила свою беременность: ни особенной раздражительности, ни прихотей, ни капризов... Только, помню, один раз она неотступно запросила апельсинов, и пришлось разориться на рубль. Слезами и вздохами она тоже не донимала меня. Только однажды ей что-то взгрустнулось... Она тихо заплакала и, подойдя к моему креслу, обняла меня.

— Алеша! Ты пожалеешь обо мне, если я умру?.. — сквозь слезы спросила она, прижимаясь горячей щекой к моему лицу.

Несколько ее горячих слез упало мне на щеку,— я отер их и старался успокоить Леночку, просил не думать о смерти (терпеть не могу таких дум!), говорил ей, что все это — вздор, что все женщины рожают, а, однако, редко умирают от родов.

— Все-таки же умирают! — настаивала Лена.

Я посадил ее к себе на колени, ласкал и утешал ее: не она — первая, не она — последняя, она у меня такая здоровая, так отлично сложена, кость у нее широкая,— и бояться ей решительно нечего.

С большим неудовольствием, даже, можно сказать, с отвращением думал я о нашем будущем ребенке. Для чего он мне? Что мне в нем? Сходясь с Леночкой, я вовсе о нем не помышлял. Я только думал о любовных удовольствиях, а вовсе не имел в виду сделаться отцом семейства. Вот еще,— очень нужно... при моих-то средствах! (В то время я получал только девятьсот рублей в год.)

Пеленки, простынки, свивальники, тряпки, мочалки, корыта... Каждый день стирка, пачкотня, запах детского белья на всю квартиру... Хорошо обзаводиться этими живыми игрушками тем, у кого в распоряжении анфилады комнат да целая ватага всякой челяди. А тут с одной прислугой, в трех комнатах с ребенком,—- да просто задохнешься, измучишься! Говорят, в деревнях живут человек по пятнадцати — восемнадцати в одной избе. Мало ли что! Вон крестьяне по зимам и со скотиной вместе живут. Не пример для нас... Крестьяне и сами-то от рабочего скота мало отличаются...

Нет! Будущий ребенок мне вовсе не нравился. Уж если признаться, я досадовал на него и за то, что благодаря ему Леночка так подурнела. Юнона обратилась в беременную барыню... Конечно, я и теперь любил Лену, то есть она и теперь мне казалась иногда привлекательной. Но ребенок... ребенок смущал меня, и я ждал его рождения, как появления на свет своего личного врага. Хлопоты о маленьком приданом, по-видимому, доставляли Леночке великую отраду, а меня раздражали и бесили. Когда Леночка начинала толковать о каких-то бинтах, о губках, о треугольниках, я иногда не выдерживал и обрывал ее.

— Ах, оставь, пожалуйста, эти пустяки! Как будто на свете только и речи что о ребенке! — резко заметил я ей однажды.

— Да как же, милый! Нельзя же его оставить голеньким...— кротко возразила Леночка. — Кто ж о нем позаботится?.. За что ж ты сердишься? Я ведь тебе не мешаю...

Положим, она не мешала... Это верно. Но зато она растеряла из-за "него" все свои уроки. Ходить на уроки в таком положении барышне, разумеется, было неприлично. Расходы мои все увеличивались. А что будет с появлением ребенка? Он, этот ожидаемый таинственный незнакомец, начинал нагонять на меня панику. "О Господи! Чем же все это кончится!" — мысленно восклицал я и чувствовал себя глубоко несчастным. "Родительский инстинкт", "голос крови", "врожденное чувство любви к детям"... Прошу покорно разобраться в этой галиматье. И замечательно, в течение многих веков люди, как попугаи, не отдавая себе никакого отчета, повторяют эти изречения...

Наконец первого апреля — в день по преимуществу лжи и обмана — он появился на свет. Сын!..

Против всех моих ожиданий роды оказались очень трудными благодаря тому, что восемнадцатилетняя мать была еще глупа, а я, разумеется, не мог знать, что для родов требуется некоторая подготовка. По словам повивальной бабки оказалось, например, что Леночке были нужны какие-то ванны, что Леночке следовало больше ходить, а она между тем последние два-три месяца почти постоянно сидела дома. Одной почему-то выходить ей не хотелось, а мне, понятно, было неловко гулять с ней по улицам; ее положение меня шокировало, и я под разными благовидными предлогами отказывался сопровождать ее.

Пришлось звать доктора, но до операции, впрочем, дело не дошло: здоровая натура Леночки справилась без щипцов и хлороформа. А в аптеку все-таки пришлось побегать, и ночью мне совсем не удалось заснуть.

Поутру, когда все было уже кончено и прибрано, я вошел в спальню. Леночка была очень измучена, но показалась мне чрезвычайно мила в своей бедой кофточке с кружевами и в кокетливом маленьком чепчике на распущенных белокурых волосах. Она была бледна, но голубые глаза ее сияли, "как звезды", сказал бы поэт. Рядом с нею, на подушке, лежало маленькое красное существо. Мне, разумеется, тотчас же указали на него. Я наклонился над ним.

Глазенки — чистые, как ясное небо в майское утро — казалось, пристально, пытливо посмотрели на меня,— словно этот выходец из тьмы небытия хотел спросить: "Зачем вы меня вызвали на Божий свет? Что вы мне дадите? Что вы готовите для меня в жизни?.." Мне на мгновенье стало как-то жутко под взглядом этих ясных глаз, еще никогда не лгавших и не видавших никакой житейской мерзости. Я даже вздрогнул... Нервы, конечно! Если сутки поволнуешься, недоешь, недопьешь, не поспишь ночь, так, разумеется, каждый пустяк может довести чуть не до обморока... Затем, смотря на сына, я как бы в ответ на его немой вопрос сказал про себя: "Я не звал тебя! И не думал я тебя вызывать! И мысли у меня не было о тебе, когда я впотьмах на площадке лестницы в первый раз обнял ее и сказал ей: "Люблю!" Вовсе я не помышлял о тебе и в то время, когда гулял с Леночкой под ветвями смолистых, пахучих сосен при волшебном свете луны... В поэзии тех дней и ночей не было места для мысли о тебе!" И я говорил сущую правду...

— Что ж ты, Алеша, не поцелуешь его? Поцелуй! — тихим, усталым голосом сказала Лена.

Я нехотя прикоснулся слегка губами к его нежной щечке, но вдруг лицо его сморщилось, губы сложились в горькую гримасу. Ребенок заплакал. Вероятно, я уколол его своей бородой или усами... Ведь не мог же он, разумеется, понять смысла моего холодного, недоброжелательного взгляда на него; не мог же он — этот кусок мяса — знать, что я вовсе-вовсе не рад его появлению, что без него мне было гораздо удобнее с Леночкой наслаждаться жизнью. "Началось!" — подумал я, глядя на плачущего ребенка. А, однако, знаменательно... Мой поцелуй заставил сына в первый раз заплакать...

Мать в ту же минуту взяла дитя, и дитя мигом утешилось на ее груди. С какою любовью, с каким восторгом Леночка смотрела на него! Конечно, я не мог ревновать Леночку к этому куску мяса,— но все-таки теперь, при взгляде на мать и ребенка, мне пришли в голову кое-какие мысли, не совсем лестные для моего самолюбия... Если бы в наше время существовало некое сказочное чудовище, если бы это чудовище потребовало для себя человеческой жертвы и если бы Леночку спросили, кем она готова пожертвовать — сыном или мной? то я вовсе не уверен, что не очутился бы в ужасной пасти этого чудовища...

— Не правда ли, Алеша, ведь он походит на тебя? — спросила Лена, с радостной, светлой улыбкой смотря на дитя, прильнувшее к ее груди.

Леночка смотрела на него так, как будто увидала в банковской таблице, что на наш билет выпал выигрыш по крайней мере тысяч в сорок. Я не разделял ее телячьих восторгов и находил, что предмет ее восторгов ровно ни на что не похож.

— Напротив, мне кажется, он скорее похож на тебя! — заметил я лишь для того, чтобы сказать что-нибудь.— У него глаза совершенно твои!

— Глаза... да! это правда...— любовно смотря на ребенка, промолвила Лена.— Но лицо твое, и волосики темные, и вьются — так же, как у тебя.

— Я слыхал, цвет волос у ребят меняется!..

— Алеша! Мы назовем его Александром!

— Как хочешь, милая! — поддакнул я.

И действительно, мне было решительно все равно, как ни назвать этот кричащий кусок мяса: Александром, Иваном или иначе...

Прошло две недели. За это время наш Саша (уже окрещенный) заболевал раза два или три. Приходилось звать доктора, да еще не одного, потому что первый доктор — серьезный молодой человек,— по мнению Лены, отнесся к Саше весьма невнимательно,— потрогал у него только животик да "пощелкал пальцем по спине" (ее собственные слова). Зато другой доктор, старичок, нам очень понравился. Он, собственно говоря, был ничуть не внимательнее первого, но опытнее и гораздо лукавее. Он похвалил ребенка.

— Какой славный, здоровый мальчуган! просто прелесть...— проговорил доктор.

Леночка нашла, что он ужасно знающий врач, и настояла на том, чтобы заплатить ему не менее трех рублей...

Жизнь моя окончательно выбилась из обычной колеи (впрочем, она выбилась еще раньше, с того момента, как я ввел Леночку в свой "дом"). После обеда я обыкновенно ложился отдыхать с газетой часа на полтора; интересно узнать: о чем потолковал император Вильгельм германский, с кем на свидание поехал итальянский министр Криспи, как поживает mister Гладстон и т. д. Строго-то говоря, мне до них не было никакого дела, но привычка... Отдохнувши, я отправлялся гулять, или к знакомым на винт, или наконец в Малый театр. Я всегда охотно любовался на бюсты (не знаменитых людей, разумеется, а на женские бюсты). Ночью, как всякий благонамеренный гражданин, я любил покой... А тут беготня за докторами, в аптеку, туда и сюда, ночью до меня иногда доносился детский плач. Все это, конечно, ужасно расстраивало меня.

Положим, Лена все больше сама возилась с ребенком и днем и ночью, и эта возня, по-видимому, доставляла ей громадное наслаждение. Но иногда она чувствовала себя дурно, ей нужен был ночью покой, и мне в таких случаях приходилось не спать по целым часам. Я ходил с ребенком по комнате, укачивая его,— и злость меня разбирала на это несносное, надоедливое существо. Так, кажется, иной раз взял бы его да и хватил головой об стену... Но такое душевное помрачение, конечно, через мгновенье улетучивалось. Упоминается о нем лишь потому, что из песни слова не выкинешь. Я — человек не кровожадный, мне даже противно было раздавить прусака (таракана), и, уж конечно, прокурору я никогда не доставлю случая расточать его красноречие по обвинению меня в умерщвлении ребенка...

Много лет тому назад один известный профессор в своих публичных лекциях из анатомии и физиологии мозга говорил, что в головном мозгу есть такой нежный, чувствительный пункт, что если уколоть его булавкой, то смерть последует моментально. Интересный предмет... Где этот пункт — я теперь не помню. Но он есть, это — верно!..

Пускай глупцы толкуют о "врожденном" чувстве любви к своим детям, о "голосе крови" и тому подобной чепухе. Не скажу, чтобы я был зверь, изверг человеческого рода, но тем не менее к своему детищу я не только не питал никакого теплого чувства, но, напротив,— подумывал о том, как бы мне отделаться от него каким-нибудь благовидным манером. (Повторяю: не убийством. Хотя я — человек со слабостями и грешками, но на подобное-то злодейство я не способен.)

Тут вышел один случай... Не будь этого случая, так мне, разумеется, наплевать! Живи Саша у меня на квартире... тем более что Лена торжественно, чуть не под клятвой обещала, оправившись от болезни, совершенно избавить меня от обязанностей нянюшки и гарантировать мне спокойный сон по ночам, и послеобеденный отдых, и возможность повинтить во всякую данную минуту.

— Милый! Он у меня не будет плакать... Уверяю тебя!— успокаивала меня Лиса Патрикеевна.

Дело в том, что около того времени мне блеснула в будущем возможность устроить очень выгодное дельце. Познакомился я с одной богатой вдовушкой. По слухам, у нее было до шестидесяти тысяч капитала да в каком-то черноземном захолустье клочок земли в тысячу десятин. Вдовушка и сама по себе была аппетитна — довольно полная, лет тридцати пяти, брюнетка, с блестящими черными волосами, с пухлыми пунцовыми губками и так далее, а уж с денежной стороны она представлялась изумительно лакомым кусочком. Мне показалось, что она была неравнодушна ко мне, и я решился заняться ею...

Я рассуждал так: ребенок — вещественное доказательство, живая улика; он может связать меня по рукам и ногам. Не будь ребенка, мне было бы сравнительно легко сладить с Леной. Ну, пришлось бы вынести несколько неприятностей, выслушать ряд упреков... рыдания, слезы и стоны, как вообще довольно верно описывается в романах. Но ведь я же для того и мужчина, чтобы не поддаваться сентиментальностям, которые обыкновенно нашего брата до добра не доводят. Одним словом, мы с Леночкой разошлись бы без скандала, и я мог бы в качестве законного супруга преспокойно присосаться к моей черноземной вдовушке... Однажды вечером, когда я уже лежал в постели, мне пришла в голову блестящая мысль. На другой же день я стал приводить ее в исполнение.

Охотники на дрохв обыкновенно начинают издалека ездить кругом стада этих зорких, осторожных птиц, с каждым кругом все ближе и ближе подъезжая к своим жертвам, и наконец, когда дрохвы очутятся на ружейный выстрел, охотники, соскочив с дрог или прямо из экипажа, стреляют птицу...

Так и я начал издали подходы к своей "дрохве" и кстати, к слову — с грустным видом — стал заговаривать с Леночкой о том, что ребенок нас стеснит. Я до четырех часов в правленье, возвращаюсь домой усталый, "разбитый", "часто с головною болью" (поэтическая вольность!) и помогать ей не в силах; она с ребенком на руках, конечно, не может ходить на уроки в пансион. А если она не станет ничего вкладывать в хозяйство, то нам, пожалуй, придется туго, придется иной раз поголодать, и вся эта денежная неурядица может неблагоприятно отразиться на "бедном Саше". Поручить ребенка кухарке — рискованно; нанять няньку — нет средств. Мертвая петля, да и шабаш!.. И в то же время я намекал на то, что могу отвезти Сашу в имение к матери (мать моя в ту пору была еще жива и сидела в своем разоренном, полуразрушенном Михальцеве).

Леночка не хотела и слушать о разлуке с сыном. Ни боже мой! Ни за что на свете!.. Вот она ужо оправится. Сашурка окрепнет, тогда она отнимет его от груди, станет кормить коровьим молоком,— и ей будет можно снова приняться за уроки.

— Да когда же это будет? — возражал я.— А деньги наши убывают.

— Ах, Алеша! Погоди же немного... Какой ты, право!.. Видишь, как Саша еще слаб, да и я не в силах...— говорила Леночка, жалобно посматривая на меня и протягивая по одеялу свои исхудалые руки. (Она то несколько дней бывала на ногах, то опять ложилась в постель.)

Я пошел далее — и продолжал кружить вокруг "дрохвы".

Неужели она училась на счет народа и так развилась духовно лишь для того, чтоб закабалить себя в детской и в кухне, обратиться в мамку и в няньку... А что еще выйдет из Саши,— Бог весть! Разве мы редко видим, как у почтенных родителей бывают дети такие негодные, что родителям с прискорбием приходится отказываться от них? На иного балбеса родители затратят тысячи, а от него людям ничего, кроме горя... Неужели, говорил я, материнство превратило ее в "самку" (в худшем смысле этого слова) и совсем отрешило от общественных интересов? Неужели дальше свивальников и пеленок она уже ничего не видит в мире?..

Тут мне припомнились разные "книжки" и "статейки", которыми некогда зачитывались мои товарищи и за которые я тогда не дал бы гроша ломаного... потому что был глуп. А вот теперь мне и пригодились все эти "книжки" и "статейки". Я стал говорить Леночке об общем благе, о вековом долге народу, о служении идее, о том, что "обильною скорбью народной переполнилась наша земля", et cettera et cettera[2]. Леночка поколебалась... Я так и знал,— знал, чем можно пронять ее. Но все-таки она устояла. Возражение с ее стороны последовало то же: она поправится, примется за работу, а из Саши она вырастит "достойного гражданина".

Но, очевидно, Леночке было совестно. Она покраснела и не решилась посмотреть мне в глаза, пылавшие в те минуты таким огнем и одушевлением, каких хватило бы на сотню Кромвелей и Вильгельмов Теллей.

Я пошел еще дальше... Если она думает о "достойном гражданине", говорил я, то прежде всего нужно постараться о том, чтобы ребенок вырос здоровым и сильным. А в Петербурге, при здешнем климате, при здешней зараженной почве и воде, при фальсификации всех продуктов (за исключением яиц), начиная с молока и кончая вареньем на

---

[2] и так далее (лат.).

"глицерине", к тому же при наших условиях жизни — в трех маленьких комнатах — трудно, даже едва ли возможно, вырастить здорового человека. Я много и подробно говорил Леночке об ужасах английской болезни, об оспе, скарлатине, дифтерите, о кишечных, желудочных катарах и других болезнях, по-видимому на вечные времена свивших себе гнездо в Петербурге.

Разумеется, я иллюстрировал свою мысль блестящими примерами из жизни моих знакомых, то есть убийственно грустными фактами смертности в среде детей. С видом глубокого, искреннего сокрушения и тяжело вздыхая, я говорил о несчастных малютках, таких бледных и чахлых... Неужели ей не жаль петербургских детей? Если она хочет вырастить какую-нибудь нервную хворую дрянь, которую первый же порыв сквозного ветра может унести в могилу, то пускай она оставляет Сашу при себе, пускай тешит этою живой игрушкой свой материнский эгоизм.

Наконец-то!.. Я попал в цель. Леночка уже не могла энергично возражать мне, Леночка сдавалась. А я, не давая ей ни отдыха, ни срока, продолжал ковать свое железо. Я начал читать ей на сон грядущий газетные сообщения о размерах заболеваемости в Петербурге, о развитии той или другой эпидемии и т. п. Леночка слушала эти вести — это газетное memento mori[3] — и бледнела...

Иной чувствительный болван, пожалуй, заметит, что я подвергал Лену самым утонченным пыткам хуже всяких "испанских сапогов" и "нюрнбергских красавиц". Я мог бы возразить, что подобное сравнение не только не остроумно, но даже просто бессмысленно. На войне нет жестокостей. Между мной и Леной шла борьба, происходил поединок, причем я нападал, а она защищалась... я остался победителем — et voila tout[4].

С другой стороны, я не жалел красок при описании тех благ, что ожидали Сашу в деревне. Здоровая пища, отличное молоко — без подмесей, прекрасный воздух, сад, самый бережный уход за ребенком, наконец доктор в трех верстах и там же аптечка —

---

[3] помни о смерти (лат.).

[4] и все (фр.).

одним словом, в том благодатном краю наш Саша, как сказочный Антей, наберется сил, вырастет здоровым, сильным, краснощеким, настоящим богатырем, и тогда уж можно будет делать из него какого угодно "гражданина" — во вкусе Чичерина или Марата.

Ночи две Саша спал беспокойно и покашливал, днем плакал и "сучил ножками". На третий день утром Леночка не выдержала и сдалась окончательно. Прячась за самовар и украдкой глотая слезы (ей уже было известно, что я не терплю бабьих причитаний), дрогнувшим голосом она промолвила:

— Я уж, право, не знаю, Алеша... что мне делать! Не отправить ли в самом деле Сашу в деревню? Он как будто начинает хиреть...

— Конечно, он страшно похудел... стал совершенно зайчонок! Давно бы его следовало отправить...— поддержал я ее решимость.

— Только как мне быть!.. Милый, мне так жаль его! Он такой маленький и... и я так привыкла к нему!

И Леночка, как ребенок, закрыв лицо руками, горько зарыдала. Я старался успокоить, утешить ее.

— Там старухи... пожалуй, окормят его чем-нибудь... станут пичкать чем попало...— печально говорила она, стараясь подавить рыдания.

— Вот глупости! — возражал я.— Моя мать, слава Богу, умеет ходить за детьми... Я могу, кажется, служить недурным примером ее уменья вести детей...

Я выпрямился на стуле и, выпятив грудь, самодовольно усмехнулся.

— Теперь начало мая...— продолжала Леночка.— В июне или в июле я ведь могу съездить к твоей мамаше хоть ненадолго... только повидаться с ним?

— Что за вопрос! Конечно, можешь...— весело согласился я.— Хочешь, так вместе поедем!.. Возьму отпуск на месяц...

— Только, пожалуйста, Алеша, чтобы мамаша каждую неделю

писала нам... ну хоть строк пять — десять...— заметила мне Лена.

— Ну, разумеется...

Участь Саши была решена... Леночка, очевидно, уже не колебалась, а только страдала при мысли о твердо принятом намерении... Уходя в то утро из дому и прощаясь с Леночкой, я почувствовал себя как-то неловко при взгляде на ее грустное лицо, такое измученное и бледное от бессонной ночи. Она всю ту ночь просидела над ребенком и проходила с ним по комнате. Я слышал из своей комнаты ее шаги и тихое баюканье, но мне хотелось спать и лень было вставать — идти к ней на смену... Глаза ее были красны, на лице следы слез.

Хоть мне и было неловко (не скажу, чтобы "совестно"), но я все-таки с живейшим любопытством наблюдал за Леной. Вивисекция — вещь чрезвычайно интересная для всякого мыслящего человека.

Я еще с детства отличался особенной склонностью к наблюдениям над животными. У нас в саду, за липовой аллеей, близ пруда, лягушек была масса. Как они вечером, бывало, примутся квакать, так на балконе просто неудобно было разговаривать... Заглушают!.. Вот я возьму, бывало, да палочкой и прижму лягушке лапу к земле — и пытливо смотрю, как она ежится и корчится от боли, старается вырваться. Или ударю ее, переверну на спину и палкой упрусь ей в брюшко... Дергает она беспомощно лапками, таращит на меня глаза, силится приподняться, вертит своею безобразной головой,— а я стою, наклонившись над нею, наблюдаю за ее судорогами и смотрю на ее вытаращенные глаза... Я проделывал свои опыты и наблюдения также над кошками, над щенятами... С годами моя любознательность развилась в этом направлении; с лягушек и тому подобной мелкоты я перенес свои опыты на человека, что, конечно, было уже гораздо интереснее...

Сашу начали отнимать от груди и приучать к коровьему молоку. Наконец я попросил у начальника трехдневный отпуск и взялся отвезти ребенка в деревню... Я велел прислуге нанять карету на Николаевский вокзал и привести ее к подъезду. Лена очень долго прощалась с ребенком, как будто тот в самом деле что-нибудь понимал. Она почти все утро прощалась с ним... (По ее мутным, покрасневшим глазам и по измятому личику могу

83

подозревать, что это прощанье началось еще с вечера и продолжалось всю ночь.)

Когда Сашу закутали в одеяльце, Леночка опять принялась прощаться с ним. Она несчетное число раз целовала его в губы, в щеки, целовала ему глаза, волосенки, плакала так горько-горько и своими слезами закапала Саше все лицо... Наконец на прощанье я дал Леночке Иудин поцелуй, схватил "дорогую ношу" и пошел... Леночке в тот день опять прихварывалось, и она ужасно жалела, что ей нельзя было поехать на вокзал. Лена уже с лестницы воротила меня...

— Постой, постой, Алеша! Иди-ка сюда!..— сильно взволнованным голосом крикнула она мне.

Пришлось воротиться.

— Что такое? Забыла что-нибудь? — спросил я с досадой.

— Нет, нет... Я вот только... сию минуту! — растерянно бормотала она, обливаясь слезами.

— Мы опоздаем на поезд!

— Я не задержу, милый... Я сейчас!..

Бледною, дрожащею рукой она трижды перекрестила малютку, порывисто наклонилась над ним и опять впилась в него губами. Не нацеловалась еще досыта!..

— Ну, теперь неси... Бог с вами! Поезжайте! — говорила она сквозь слезы, а сама все продолжала цепляться за ребенка и не пускала нас.

Видя, что действительно дальние проводы — лишние слезы, я наконец со всевозможной осторожностью вырвал у Леночки свою "дорогую ношу" и пошел. Она уже не решалась более ворочать меня... Ну, признаться, такого обилия слез я еще ни разу не видал в жизни. Я готов был поверить, как это ни странно, что эта восемнадцатилетняя мать и в самом деле очень любила свое дитя...

День был ясный и теплый. В воздухе припахивало распускавшимся листом. Гуляющие — взрослые и детишки — почти сплошной толпой двигались по тротуарам. Там и сям были видны парни со связкой ярко-красных пузырей, поминутно норовивших сорваться с веревки и унестись в лазурную высь. Слышны были звуки шарманок, которых теперь совсем не слышно... Праздник весны был в самом разгаре... Я очень жалел, что Леночка сидит в комнате и не может воспользоваться такой прекрасной погодой: свежий воздух возвратил бы ее щекам румянец, блеск — ее глазам и сделал бы по-прежнему интересной...

Когда карета завернула за угол, я опустил стекло и крикнул извозчику:

— На Мойку... в воспитательный дом!

Я ни минуты не думал отвозить Сашу к моей матери: я очень хорошо знал ее взгляды на нравственность вообще и на женскую нравственность в особенности. Как бы она ни любила меня, но ни за что не признала бы любовницу моей женой, своей "невесткой", и назвала бы Леночку так, как принято попросту звать падших женщин. Разбираться в разных тонкостях было не ее ума дело. Легче было бы голыми руками выворотить с корнями пень из земли, чем сбить старуху с ее позиции. Заговори я с матерью хоть языком ангелов, она все-таки не приняла бы к себе в дом ни Леночку, ни нашего ребенка (только постаралась бы во что бы то ни стало взглянуть на них украдкой, заплатила бы за это удовольствие большие деньги, поплакала бы, может быть).

Устроив Сашу в воспитательный дом, я воспользовался трехдневным отпуском и уехал по Варшавской железной дороге на станцию Сиверскую к одним знакомым, уж давно приглашавшим меня к себе. Время провели приятно — перекинулись в картишки, ходили гулять в лес, любовались на живописные виды. Впрочем, лес на картинах художника Шишкина мне больше нравится, чем в действительности... В сиверских лесах было еще сыровато, и я загрязнил себе сапоги.

"И он мог еще гулять после того!.." — заметит на мой счет иной нервноразвинченный субъект. А что же мне было делать в такую прекрасную погоду?.. "Ведь все это ужасно жестоко... И неужели он не чувствовал угрызений совести?.." Вот это мило! Совесть... А за что же бы совести меня грызть?

Леночка сильно ошибалась; она мечтала служить разом двум

богам. А между тем ей следовало или удержать при себе ребенка и сделаться нянькой и кухаркой, или расстаться с Сашей и снова приняться за учительскую деятельность. Что же я сделал такое ужасное? Какое же преступление я совершил? Пускай человек отрешится, если может, от всех предрассудков и заблуждений ума и чувства, и тогда он сам увидит, что я только возвратил обществу полезного члена. Если же произошло такое удачное совпадение, что, возвращая обществу хорошего работника, я в то же время возвратил себе любовницу и развязал себе руки по отношению к богатой вдовушке, то уж это — мое счастье... Саша! А что ж такое? Был ли бы он еще счастливее, оставшись с нами?.. Найдется ли в мире такой мудрец (человек искренний и правдивый), который положительно, вот сейчас же, ответит мне на этот вопрос без всяких "если" и "но" и смотря мне прямо в глаза? Да счастье-то что такое? Где оно, в чем оно? У каждого человека на этот счет ведь свой аршин...

Меня всегда удивляло, что на человеческом языке существует так много очень красивых, звучных слов, но притом совершенно бессмысленных. Вот хоть взять "угрызения совести"... Ведь от таких слов у иной несчастной старушонки последний волос на голове дыбом встанет. А если хорошенько разобрать все эти ужасные глаголы, то и окажется — ерунда.

Пушкин, например,— наш препрославленный певец женских "персей", "ручек" и "ножек" — говорит, что "совесть — когтистый зверь, скребущий сердце, незваный гость, докучный собеседник, заимодавец грубый (?)... ведьма, от коей меркнет месяц (?) и могилы смущаются и мертвых высылают!.." Что ж это такое, как не набор фраз? Я готов голову прозакладывать за то, что "угрызения совести" выдумали романисты. Эти канальи — большие мастера сочинять для потехи всякие страшные и жалкие слова. Меня, например, совесть никогда не мучила, хотя и я, конечно, по слабости, присущей человеческой натуре, поступал иногда дурно, не совсем правильно. В часы ночной бессонницы "когтистее" клопа или блохи никакой зверь меня не кусал...

На третий день вечером я благополучно возвратился домой. Расспросам о Саше, я полагаю, не было бы конца, если бы я насильно не прекратил их.

— Извини, голубушка! Устал ужасно... и спать хочется до смерти! — сказал я, зевая и потягиваясь.

Впрочем, ночь я спал дурно...

Я попросил одну свою "старую" тверскую знакомую каждую неделю писать мне о "милом Саше", о том, что он здоров, растет не по дням, а по часам, аукает и, кажется, все уже понимает, только не говорит. Я предупредил ее, в чем дело; она должна была, по возможности, подделываться под руку моей матери, то есть писать старинным прямым почерком и подписываться фамилией моей матери. Я редко переписывался с матерью и рассчитывал, что Лена не заметила хорошо почерка моей старухи и не помнит его.

Через неделю пришло письмо и невыразимо обрадовало Леночку...

Она той порой стала заметно поправляться, появился румянец. Она опять стала делаться интересной... О Саше, конечно, она болтала постоянно, несколько раз перечитывала подложное письмо, составленное, впрочем, довольно мастерски, вязала Саше чулочки, шерстяные башмаки, какие-то белые дурацкие колпачки, вышивала ему к зиме одеяльце — одним словом, вся жизнь ее наполнялась мыслью о Саше. Впрочем, это меня не касалось, чем бы дитя ни тешилось... Леночка была счастлива или по крайней мере спокойна — и прекрасно!

— Он уж, может быть, теперь говорит: "Ма-ма-ма!" — соображала Лена, и я вполне разделял эту ее сладостную надежду.

В то время когда все шло отлично, Леночка успокоилась и вдовушка продолжала делать мне глазки, вдруг дернуло мою тверскую знакомую захворать; она укатила куда-то на юг, и письма о Саше прекратились. Первую неделю Леночка еще довольно терпеливо ждала письма, а затем загрустила и стала приставать ко мне:

— Что ж это такое? Уж две недели писем нет! Вероятно, Саша заболел... Ах, Господи! Спаси его и помилуй!..— взывала она по десяти (а может быть, и по сто) раз в день.— Алеша! Голубчик! Уж не умер ли он? Мамаша, может быть, не решается сообщить об этом. Послать бы телеграмму, что ли! Ах да... туда нет телеграфа!

Я всячески уговаривал ее, но все напрасно. Она слезно умоляла меня взять отпуск и мчаться, лететь с нею в Тверскую губернию, туда-туда, где — ее "золото", ее "сокровище", ее "ненаглядный Сашурка"... Я уверял ее, что раньше июля начальник отпуска не даст, так как много служащих отпущено на июнь месяц. Однажды, когда я возвратился домой, Лена преподнесла мне сюрприз...

— Алеша! Сегодня утром я совсем забыла тебе сказать... Я, право, так беспокоилась... и написала Наталье Михайловне. Прошу ее немедленно уведомить нас о здоровье Саши...— заявила мне Лена. (Мать мою звали Натальей Михайловной.)

Я был застигнут врасплох и едва ли не схватил себя за волосы,

— Что с тобой, Алеша? — вскричала Лена, вероятно, заметив по моему лицу, что ее новость меня глубоко взволновала.

— Ничего! — старался я поправиться.— Только напрасно ты это сделала... Попусту беспокоишься...

— Отчего ж мне было не написать ей? Ведь ты же говорил, что она уже давно знакома со мной... и так хорошо относится...— как бы оправдываясь, говорила Лена.

"Заварила кашу! Глупая, глупая! — подумал я про себя. Разве худо ей жилось в мире "красных вымыслов"?.. Чего ей было еще надо?" Впрочем, если обману моему и суждено теперь раскрыться, то не беда. Мне только было нужно, чтобы Леночка успокоилась, нужно было выиграть время — и я выиграл его... По моим расчетам, особенно жгучих порывов отчаяния теперь уже нельзя было ожидать... Каков должен был прийти ответ на письмо Лены из Михальцева,— я, уж конечно, догадывался. Что ж делать! Леночка поплачет, похнычет, в худшем случае назовет меня подлецом,— и затем трагедия мало-помалу перейдет в фарс, то есть несколько времени Леночка подуется на меня, поиграет в молчанки, побросает на "подлеца" презрительные взгляды, а там — и примирение...

Кроме этой неприятности, около того же времени меня поразил более тяжелый удар. Моя вдовушка (черт бы ее побрал!) сдурела — скоропостижно вышла замуж за какого-то прокутившегося офицера и ухнула с ним за границу.

Через несколько дней, когда я был на службе, почтальон принес ко мне на квартиру письмо от моей матери на имя "г-жи

Е. Неведовой". Старуха моя до сего времени, конечно, не имела и понятия о существовании на свете Леночки и послала письмо просто по адресу той неизвестной ей женщины, которая в письме к ней подписалась Е. Неведовой.

Леночка, по обыкновению, встречала меня или в передней, или в зале и с поцелуями усаживала меня за стол на мое кресло. В день же получения письма я не нашел ее в передней, не встретил и в зале — и прошел к ней в комнату. Леночка лежала на постели, уткнувшись лицом в подушку и сжимая в руке письмо. Я, разумеется, тотчас же догадался, в чем дело. При входе моем в комнату Леночка вскочила с постели и, тяжело дыша, молча протянула мне письмо. Очевидно, она была страшно расстроена, и в глазах ее, обыкновенно таких кротких и светлых, теперь действительно мелькало что-то мрачное, трагическое...

Я уже отлично знал содержание письма, как будто бы читал его не однажды, но все-таки взял у нее из рук смятый и смоченный ее слезами почтовый листочек и мельком пробежал его... Ну, разумеется: "Никакого ребенка у меня не было и нет... напрасно беспокоитесь... никогда не поощряла разврата... прошу оставить... удивляюсь бесстыдству... надеюсь, что более..." Одним словом, все было так, как я ожидал.

Вдруг Леночка бросилась ко мне и крепко обняла меня.

— Где же наш Саша? — с мольбой говорила она, плача и опуская голову ко мне на грудь.— Ты обманул меня... Да говори же, где мой сын? Куда ты девал его?.. Алеша! Милый!..

Она вся дрожала. Мне, признаться, даже стало жаль ее в ту минуту.

— Прости меня... Прости, Леночка,— промолвил я, по возможности мягко и нежно.— Не плачь, голубушка... Ну, не плачь же! Успокойся!.. Я тебе все объясню... Видишь.., (Она подняла голову и, не сводя глаз, затаив дыхание, смотрела на меня.) Видишь... я не отвозил Сашу к матери...

— А куда же?.. Куда? — крикнула она, как-то судорожно, порывисто сжимая мне руку, как в тисках.

— Я... я отдал его в воспитательный дом!

89

Словно какая-нибудь невидимая сила оттолкнула ее от меня. Она отшатнулась и страшно побледнела... нет! не побледнела, а побелела как полотно. Ни кровинки, казалось, не осталось у нее в лице. Глаза ее широко раскрылись... И вдруг она схватилась за голову...

— Что ты говоришь!..— тихим, упавшим голосом, словно бы не своим, прошептала Леночка.— В воспитательный дом? Сашу? А как же письма?.. Я ничего не понимаю...

Она не договорила, в бессилии опустила руки и как-то странно уставилась в одну точку широко раскрытыми глазами, как будто увидала перед собой какое-нибудь ужасное привидение. Я подумал: не вспомнились ли ей в ту минуту всякие россказни и басни о печальной участи подкидышей воспитательного дома. Не померещился ли ей в ту минуту ее Саша в виде уличного оборванца, дрогнущего на морозе и вымаливающего у прохожих "копеечку"? Таких жалких попрошаек она, конечно, должна была не редко видать на петербургских улицах...

Мне показалось, что Леночке делается дурно, я подхватил ее и — без всякого с ее стороны сопротивления — посадил ее на кресло у окна. Она облокотилась на подоконник и, подгорюнившись, молча стала смотреть в окно. Я подал ей стакан воды, она не брала и делала вид, что будто не замечает меня. Я поднес ей стакан к губам, она молча замотала головой и отвернулась... Такого дикого, безумного отчаяния я не ожидал.

Весьма убедительно я уговаривал ее успокоиться, просил прощенья, обещал завтра же съездить в воспитательный дом, отыскать Сашу,— я вставал перед ней на колени, сидел на ковре у ее ног, называл ее самыми ласковыми именами. Что ж я мог еще сделать? Желал бы я знать, как же другой поступил бы на моем месте? Леночка, по-видимому, решительно не хотела разговаривать со мной, даже ни разу не взглянула на меня. Леночка в тот день не обедала и чаю не пила, все сидела пригорюнившись у окна и не обращала на меня ни малейшего внимания.

— Ну что ж ты молчишь? Скажи хоть словечко... Что уж это такое?! — приставал я к ней.

Ноль внимания! Леночка слушала меня и как будто не слыхала,

смотрела и не видала меня. Я словно перестал существовать для нее... Я уже знал, что она рассердится на меня, но никак не воображал, что она так распрогневается... Меня утешало то, что она хоть перестала плакать и слезы ее высохли.

Уже поздно вечером я почти насильно заставил Лену раздеться и лечь в постель. Спала ли она в ту ночь,— не знаю; ни всхлипываний, ни стонов не было слышно. Поутру я подошел на цыпочках к ее двери и долго прислушивался. В комнате было тихо. Уходя на службу, я велел прислуге ни под каким видом не будить ее. Пускай спит! — думал я. Иные болезни, я слыхал, проходят сном...

В обычное время, в половине пятого, аккуратный и точный, как полуденный пушечный выстрел, взбежал я на свой третий этаж и по-хозяйски, властно дернул звонок. Степанида с каким-то дурацким, растерянным видом встретила меня.

— Ой, батюшка барин! С Еленой Александровной что-то неладно...— принимая мое пальто, промолвила она таким шепотом, каким говорится, когда в доме опасно больной или покойник.

— Что еще такое! — с неудовольствием проворчал я. "Неужели еще не кончились мои испытания?.. И за что, подумаешь, обрушились на меня все эти казни? Только за то, что я однажды на лестнице впотьмах поцеловал девицу (влюбленную в меня, прошу заметить!), за то, что я когда-то несколько вечеров погулял с нею в тихом сосновом лесу при волшебном сиянии луны?..

Леночка, не в пример другим женщинам, каких мне приходилось знавать на своем веку, отличалась большою скромностью, и, несмотря на сожительство со мной почти в течение года, она ни разу — честное слово! — не позволила мне присутствовать при своем туалете...

Теперь же, войдя в ее комнату, я застал Леночку не одетой... С распущенными волосами, прихваченными только на затылке большою шпилькой, в одной сорочке, без кофточки, босиком, бродила она по комнате и, низко наклоняясь, заглядывала под стулья, под столы.

— Лена! Что с тобой? — окликнул я ее, решительно ничего не

понимая.— Пятый час... и ты еще не одета! А я пригласил сегодня обедать к нам Карла Густавовича... Он, вероятно, сейчас придет...

Услыхав мой голос, она остановилась, выпрямилась и совершенно спокойно смотрела на меня. Сорочка чуть не сползала у нее с плеч, но она как будто совсем не замечала своей наготы.

— Чего ты ищешь? Отчего не оденешься? — спросил я.

Она задумчиво на меня взглянула и, приложив палец к губам, прошептала:

— Тсс! Тише... Я ищу его! Не мешай... Я стану везде его искать...

Мурашки пробежали у меня по спине. Мне стало холодно, как будто я вдруг провалился в какой-то сырой, холодный склеп.

— Ах, теперь я знаю, где он!..— пробормотала она и, схватив стул, потащила его через всю комнату к печке — с явным намерением карабкаться на круглую и гладкую железную печь.

Тут уже я вмешался... взял ее в охапку и уложил в постель.

Положим, Леночка была очень спокойна, припадков бешенства на нее не нападало, но все-таки оставлять у себя сумасшедшую было опасно и, во всяком случае, неудобно. Я отвез ее в лечебницу. Хлопот было не мало... Вся история крайне неприятно подействовала на меня. Еще бы! Человек — не камень... Скажут, я свел Леночку с ума. Вздор!.. Кто ж мог думать, что такая молоденькая женщина, сама еще почти ребенок, так сильно полюбит своего дитятю, да того привяжется к нему?..

Сначала я часто навещал ее, почти каждое воскресенье... Ах, этот тихий, безмолвный поезд финляндской железной дороги! Сколько воспоминаний каждый раз пробуждал он во мне: по этой дороге в прошлое лето я ездил на дачу к Неведовым... Затем я стал навещать Леночку раз в месяц, потом раз в три месяца, в полгода — раз... Что ж мне было с ней делать, когда она ничего не понимала и обратилась почти в бессловесное животное. Иногда, впрочем, Леночка узнавала меня, спрашивала, поливают ли без нее цветы? Куда девалось то одеяльце, что она вышивала для Саши? и тому подобное.

Однажды вдруг она с чего-то спросила: приказал ли я поставить самовар? В другой раз сказала, что ветер любит деревья в их саду и потому он так налетает на них, шумит их ветвями, а иногда даже ломает деревья...

Лет пять Леночка прожила в лечебнице.

Я несколько раз также ездил в воспитательный дом узнавать о судьбе нашего сына. Сначала мне сказали одно, потом — другое и наконец, вероятно для того, чтобы отвязаться от меня, объявили, что Саша умер. Может быть, и в самом деле.— так. И благо ему!.. А может быть, он и теперь еще живет в работниках у какого-нибудь чухонца или у русского кулака? В таком случае хуже для него... Но я сделал что мог и чувствую себя более вправе, чем Пилат, "умыть руки"...

Однажды Лена больше обыкновенного разговорилась со мной и даже рассказала мне свой сон.

— Пришла ко мне женщина в такой белой, блестящей одежде...— рассказывала Леночка.— ...Пришла и говорит мне: "Знаешь, где твой Саша? Хочешь, я проведу тебя к нему?" Я ужасно обрадовалась. И она повела меня куда-то, и я шла за ней,— и солнышко шло за нами, и птицы летели... А на земле, вокруг, все цветы, цветы... Вот и шли мы и пришли к какой-то двери. "Твой сын там, за этой дверью!" — сказала женщина. Я изо всей силы дергала, вертела ручку, трясла ее изо всей мочи, хватала ее зубами, стучала по ней кулаком, — ничего не могла сделать... Тогда женщина положила мне руку на плечо и сказала: "Надо подождать!.." И ушла от меня. Я осталась одна и заплакала... Тут с неба звезда покатилась и прямо — мне под ноги. В воздухе что-то блеснуло, точно пламя,— и я будто бы ослепла... вскрикнула и проснулась... И теперь еще у меня голова болит...

И Леночка с утомленным видом поднесла к виску свою бледную, исхудалую руку.

Леночка вообще была очень худа и бледна; стан ее согнулся, глаза казались мутными... Теперь она совсем, совсем не походила на ту барышню, которую я встретил у своих знакомых в святочный вечер лет шесть тому назад... Уход за ней, впрочем, был отличный.

Месяца через три или четыре, хорошо не упомню, доктор той

лечебницы, человек очень милый и обязательный, известил меня о смерти Леночки. Я намеревался непременно быть на ее похоронах, мне хотелось посмотреть на нее — на мертвую, в гробу, но как на грех в этот самый день случилось заседание железнодорожного съезда, и мне пришлось, присутствовать там...

Ни разу я не видал Леночку во сне. А уж если бы увидал, непременно спросил бы ее, что она думает обо мне? Простила ли?.. То есть, собственно, в чем же?..

Все эти воспоминания — то смутные, то яркие — быстро промелькнули передо мной в тот святочный вечер, когда я — больной, один-одинехонек — сидел перед своим потухшим камельком. Да! Все прогорело и потухло... и от "дел давно минувших дней" остался только холодный пепел. И невольно мне подумалось: "А что, если бы Леночка теперь была жива и сын наш оставался с нами?..

Саше было бы теперь восемнадцать лет.. Может статься, кроме него, были бы у нас еще дети... Леночка (ей было бы теперь 38 лет) подошла бы ко мне, обняла бы меня, поцеловала... И Саша — с ней рядом, высокий, такой же голубоглазый, как она, красивый, стройный...

Не велик человеческий череп, но какой в нем громадный мир, безграничный, бесконечный... И если на миг остановиться перед этим необъятным, загадочным миром и вглядеться в него, то он может внушить нам гордость Титана и восторг неописуемый, и в то же время он может повергнуть нас в отчаяние, в ужас и трепет. Лаборатория светлых помыслов, великих дум, поэтических образов, грациозных и прозрачных, как тончайшая паутина, могучая, страшная лаборатория самых чудовищных, злодейских замыслов, преступнейших посягательств на благо ближних, лаборатория безостановочно, лихорадочно, торопливо работающая и ежечасно, ежеминутно могущая моментально прекратить свою деятельность, погрузиться во мрак или совсем исчезнуть...

И удивительные несообразности, удивительнее всяких сказочных вымыслов, рождаются иногда в том тесном и таинственном пространстве, что заключается под нашей черепной чашкой. "Если бы то... если бы это...".

Я приподнялся в креслах.

Уголья в камине уже давно подернулись золой. Свечи на письменном моем столе догорали. Часы показывали четверть третьего. Вокруг меня было тихо, как в могиле... И вдруг мне пришла в голову поистине блажная мысль — дикая и нелепая — сходить теперь же на Фурштадтскую улицу и взглянуть на окна той квартиры, где девятнадцать лет тому назад я жил с Леночкой и где — почти месяц — погостил у меня Саша!.. Я подошел к окну и отворил форточку, чтобы узнать, какова погода... Меня обдало холодом.

Метель... Снег так и крутится в воздухе. Месяц, бледный, как мертвец, выглядывает из-за проносящихся по небу облаков... Я захлопнул форточку. Нет! Погода неблагоприятная для прогулки — особенно для человека с насморком и кашлем...

Когда я посмотрел в окно на месяц и быстро бежавшие облака, мне невольно подумалось: что-то теперь там, в том памятном сосновом лесу, где мы бродили по летним вечерам? Вопрос — по меньшей мере — странный... Там, конечно, теперь не цветут цветы и птички не поют... там сугробы снега, ветер печально воет, там холодно и пусто...

Все эти воспоминания и неуместные думы о том, что было и что могло бы быть, расстроили меня не на шутку. В моих комнатах, обставленных довольно комфортабельно, мне вдруг показалось так же холодно и пустынно, как в том сосновом лесу, занесенном снегом... Мне захотелось — к людям... Мне страстно захотелось, чтобы теперь кто-нибудь был со мной; мне хотелось слышать чей-нибудь приятный голос, веселый смех и шум, оживленный разговор... У меня ведь была жена, был сын, но я сам...

Я опять опустился в кресло, — крепко стиснул зубы и провел рукой по лицу... "Плачь, жалкий человек! Плачь!" — припомнилась мне в ту минуту одна чувствительная фраза из какого-то романа. Вот не терплю вечно ноющих и причитающих людей!.. Самозваные пророки Иеремии... "Жизнь для жизни мне дана!" Вот это — так! Это я понимаю... Это значит: "Пиф-паф, тру-ля-ля!.. Смотрите тут, смотрите там..." Или как у Шекспира,— сколько помнится, в "Генрихе IV",— Сайленс говорит:

Будь что будет — все равно,
Были б девки да вино!

Я старался перевести свои мысли на другие рельсы и устремить их на "веселенькие сюжеты"...

Нет! Думы мои мчатся все по тому же направлению... Все как будто чего-то жаль, чего-то совестно... Но — если разобрать хорошенько — чего же мне совеститься? Не я первый и не я последний обманул женщину и подбросил своего ребенка в воспитательный дом!.. И чего ж мне жалеть? Положим, вокруг меня уж слишком тихо, пусто... А зато, с другой стороны, как спокойна жизнь холостяка... Разумеется!.. Но... Господи! Да что ж это? Отчего ж в этот святочный вечер вдруг напала на меня такая смертельная тоска?

Хоть уж поскорее прошли бы эти праздники...

1891

НЕРАЗЛУЧНИКИ

I

Приход "Николы в Боровом" — довольно большой приход. В нем насчитывается жителей более тысячи душ. Церковь, с белыми стенами и зеленою кровлею, стоит на месте высоком. Церковь — двухэтажная, как и большая часть деревенских церквей; внизу — зимняя, "теплая", пониже и потемнее, а вверху — летняя, или "холодная", церковь, высокая и светлая, с большими окнами.

Вокруг церкви расходится кладбище — по-деревенски "погост". На западной и на северной стороне погоста могил мало: зато много их ютится на восточной и полуденной его стороне, и все они, как видно, жмутся поближе к церкви. На иных могилах стоят покривившиеся кресты, посеревшие от времени; на других просто торчит кирпич или положены две палочки крест-накрест, перевязанные веревочкой или мочалой. Здесь нет дорогих мраморных памятников, разукрашенных бронзой, какие встречаются на городских кладбищах. Здесь, у Николы в Боровом, покоятся в тихих могилах не богачи и не вельможи, не "сильные мира сего", но простые люди, великие труженики и великие несчастливцы, неизвестные миру, в горе жившие и в горе скончавшие жизнь... Зато летом на этих могилах, как памятник, вечно весною возобновляемый природою, растет густая, сочная, зеленая трава и распускаются пестрые, красивые цветы. Тогда из травы там и сям, вместо надписи, на этом вечном памятнике синеют незабудки, как ясные глазки ребенка...

Серая деревянная ограда, полусгнившая и местами уже дырявая, окружает погост. Шарики, обитые жестью, кое-где еще сохранившиеся на ограде, издали при солнце блестят и горят, словно серебро. Вдоль ограды, там и сям растут развесистые березы, рябина, черемуха и плакучая ива. С одной стороны погоста — по ту сторону деревенской базарной площади — стоят дома церковников, сараи, амбарушки, за ними расходятся поля, луга, а далее темнеет лес.

Отступя несколько сажен от церкви к стороне поля, у самой ограды, высится колокольня. Для деревни эта колокольня считается очень хорошей. Она в 25 сажен вышины и ее блестящий шпиль в ясную погоду виднеется из-за синеющих лесов издалека — верст за 20. У нее до пяти обрезов (выступов). Слуха (отверстия, вроде громадных оконных сводов, где висят колокола) высокие и просторные счетом до шести. В этих слухах подвешено девять колоколов различной величины: четыре очень маленьких для мелкого перезванивания и Четыре средних. Один из последних был "Завсегдашний", как называл его сторож. От языка этого колокола проведена веревка вниз, в сторожку, для того чтобы в него можно было звонить, не поднимаясь каждый раз на колокольню. В этот колокол обыкновенно сторож бил часы. Веревки же от малых колоколов, для удобства, были соединены вместе, дабы звонивший мог разом, одною рукой, управлять ими. В одном из слухов висел колокол покрупнее. А на площадке, окруженной всеми этими колоколами, подвешенный к своду, находился главный большой колокол. Двое с трудом раскачивали его тяжелый язык, зато густые звуки этого колокола гудели далеко-далеко над всею окрестною стороною. На колоколе выбиты два образа и значится такого рода надпись: "Гласу будь сему послушен, если царства ищешь ты, никогда не будь ослушен — в храм иди от суеты". Затем ниже, по самому краю колокола, можно прочесть еще следующие строки: "Лил сей колокол цеховой мастер ярославский купецкой сын Николай Сапожков год 1832 июля 21 дня. Весу 354 пуда 28 фунтов".

Жители села Борового немало гордятся этим колоколом и вообще своею высокою колокольнею.

Кроме сторожа и сторожихи да двух убогих, под крышей и под сводами колокольни ютятся голуби и галки. Это население очень беспокойное и шумное, особенно галки со своими маленькими галчатами. По утрам и ввечеру поднимают они порой такой оглушительный гомон, "как будто перед светопреставлением", как говорит сторожиха. Голуби любят сидеть на краешке крыши или на перилах деревянных решеток, ограждающих слуховые окна. И подолгу, бывало, тихо, любовно воркуют они между собой, наклонив друг ко другу свои сизые головки...

II

Колокольня живет своею собственною жизнью и представляет особый маленький мир. У нее своя история, свое прошлое, свои воспоминания...

Впервые она построена в 1784 году, значит, сто лет тому назад. После того она несколько раз отстраивалась и подновлялась. Лет 60 тому назад, во время большого пожара в Боровом, одна сторона колокольни обгорела и сильно потемнела от дыма. Однажды, тоже давненько, в бурю сорвался один из ее колоколов, но, к счастью, никому не причинил вреда, только сам при падении дал трещину и врылся в землю чуть не на четверть аршина. В 1852 году, в девятую пятницу, во время страшной грозы, молния ударила в колокольный шпиль и покривила его, а вихрем в то же время изломало на колокольне крышу. Много бурь-непогод пронеслось над колокольней. Много поколений деревенских людей прошло мимо нее, и все они, наконец, успокоились, все они лежат вот тут — между церковью и колокольней — на этом пространстве, покрытом могильными буграми... А колокольня и теперь, как в старину, точно справляет свое дело.

В темные осенние ночи, как черное, заоблочавшее небо рдеет багровым заревом пожара, торопливые, тревожные, за душу хватающие звуки разносятся с высоты колокольни по спящей, безмолвной окрестности: словно с тяжким стоном, с отчаянием, с болью вырываются они из медной гортани колоколов, и гудят-нудят и будят спящих, возвещая им о напасти и призывая на помощь ближним. Зимой, в метель и вьюгу, путник, сбившийся с дороги и полузанесенный снегом, бывало, приходит уже в отчаяние, чувствуя на себе ледяное дыхание смерти, как вдруг сквозь свист и завывание ветра доносятся до него обрывки звуков колокола — и путник поднимает поникшую голову, прислушивается к спасительным звукам, идет на них, и с каждым шагом уходит все дальше и Дальше от холодной смерти, со всех сторон грозящей ему из-за снежного вихря, из-за непроглядной ночной мглы. Порой колокола печально перезванивают, нагоняя тоску и уныние... Это значит, что человек отходит в землю, и этими печальными, скорбными звуками мир живых говорит отходящему последнее "прости". А в праздничные дни, под ясными, сияющими небесами, светло и радостно звонят колокола, торжественно и мирно льются в чистом воздухе эти победные звуки, далеко разносясь по окрестностям и навевая на душу тружеников — хотя ненадолго — отраду и успокоение и как бы суля им исполнение их заветных надежд...

Белая краска местами обвалилась со стен, и на стенах видны красные ряды кирпичей, ступени на лестнице порасшатались и скрипят, некоторые колокола дали трещины, но колокольня все-таки стоит твердо и правит свое дело. Во всех крупных житейских событиях она играет роль, она принимает участие в жизни человека со дня его рождения и до гробной доски: медными гортанями своих колоколов она отзывается на все — на горе и радость...

Только о Пасхе и в царские дни прихожане могут ходить на колокольню и звонить, сколько их душе угодно; в остальное же время колокольня закрыта для них. Полусумрак, вечно царствующий на лестнице, придает колокольне в глазах посторонних людей какую-то особенную таинственность. Погост, окружающий колокольню, бросает на нее тень от своих могил и крестов.

Для жителей Борового смерть представляется тайной. Они страшатся смерти и боятся покойников. С погостом у них всегда соединяется представление о смерти и о мертвецах, поэтому погост и колокольня всегда для них являются страшным местом и окрашиваются в мрачный, зловещий цвет. Старухи по вечерам рассказывают ребятам про погост всякие ужасные бывальщины, и ребятам становится жутко; маленькие слушатели невольно вздрагивают и крепче прижимаются друг к другу...

III

Церковная сторожка представляет собой довольно большой, но полутемный и мрачный покой, с двумя окнами и с высоким сводчатым потолком. Одно окно выходит на улицу, другое в поле, а дверь — низенькая, широкая, с двумя каменными ступенями. Тонкою дощатою перегородкою сторожка разделяется на две части. В одной половине стояла большая закоптелая русская печь, а к ней приделаны полати, такие же закоптелые; здесь жил сторож с женой. В другой каморке, немного поменьше первой, жили убогие, "темные люди", — так наш народ называет слепых; из этой каморки дверь вела на лестницу. Лестница в несколько переходов доходила до верхней площадки колокольни; первые тридцать ступеней были кирпичные, а затем шли деревянные. Много поколений деревенских людей ходило по этой лестнице звонить на колокольню. Лестница была уже ветхая, перила ее местами обломались, половицы поскрипывали и трещали под ногой, а нижние кирпичные ступени уже пообсыпались. Лестница вилась неправильным, угловатым винтом.

Если посмотреть сверху вниз, то представляется полуосвещенное пустое пространство; лишь кое-где торчат небольшие выступы, видны деревянные балки, идущие в разных направлениях, какие-то деревянные подпорки и старые, гнилые доски, лепящиеся на них. До поры до времени там и сям, между балками и досками, как темные тени, проносятся галки и вылетают в одно из узких окон или исчезают, опускаясь вниз и словно утопая в полуосвещенном пространстве. Кирпичные стены местами остаются красными, местами заштукатурены или просто замазаны белою краскою. Вообще, внутренность колокольни носит какой-то странный характер: все тут как будто недостроено, недоделано и брошено как попало. У непривычного человека при взгляде вниз — с высоты последних верхних ступеней — кружится голова и невольно думается: "Что-то от меня останется, если полететь вниз турманом? И косточек, поди, не соберешь!" Старик-сторож, Иван, сказывал, что, когда он на первых порах смотрел вниз на темную пропасть, разверзавшуюся у него под ногами, то в коленях его чувствовалась слабость, ноги дрожали, голова шла в круги, а самого так и тянуло, неотразимо, неотступно тянуло вниз.

— Так вот, кажется, и опустился бы туда вниз головой! — говорил Иван, вспоминая старину. — Дух захватит, даже жутко станет! Иной раз придешь с колокольни-то, — весь дрожишь, ровно в лихоманке, а сердце-то бьется, точно выскочить хочет... Знать, уж такое искушение мне было! В ту пору священник, отец Константин, советовал мне каждый раз, как иду на колокольню, читать про себя: "Избави нас от лукавого"... Ну, а потом, по времени, привык... — заканчивал Иван свой рассказ.

Над сторожкой, в стороне от лестницы, лежат всякие старинные церковные вещи, вышедшие из употребления: доски старого иконостаса, полинявшие иконы, образа, привозимые с покойниками, изломанные кадила, разбитые лампадки, какие-то почернелые кресты и много всякой всячины.

IV

Сторож Иван — худенький, мозглявый старик — уже не один десяток лет служит при церкви. Он уже насмотрелся на всякие виды смерти, привык жить постоянно с мертвецами, между могил. Он, как мудрец, видел в смерти неизбежный исход для всего живущего. Он совершенно спокойно рыл могилы для старого и малого и так же спокойно своими старческими, дрожащими руками засыпал покойников землею. Иногда при своей печальной работе он даже добродушно подшучивал.

— Пожалуй, что и довольно? Будет ему по росту-то... — говаривал он порой, опираясь на заступ и заглядывая в глубь вырытой могилы, как бы измеряя ее глазом. — Этакую ямку-то хорошую вырыл! Хоть лечь впору...

В другой раз похваливал он самого себя, самодовольно поглаживая свою седую бороду и как бы любуясь на дело рук своих.

Конечно, похороны давали ему небольшой доход, но нельзя сказать, чтобы он радовался чужому горю, чтобы он радовался лишним похоронам. Правда, он был бедняк... Он получал от церкви маленькое жалованье, да два раза в год — зимой и летом, — ходил по приходу собирать хлеб, масло, яйца, лен. Вот чем жил сторож Иван. Поэтому ясно, что гроши, перепадающие ему за похороны, были далеко не лишние. Но если бы он знал, что, поступившись своими грошами, мог возвратить человека к жизни, то, разумеется, с радостью отдал бы их назад. А теперь он брал эти деньги совершенно спокойно, как должное, как взял бы за всякую другую работу. Надо же кому-нибудь хоронить покойников, не он, так другой станет хоронить их.

— Человек с тем и родится: чтобы умереть! — рассуждал он. И для меня когда-нибудь придет такой день, когда я поутру не проснусь, а вечером не лягу спать. И меня в землю зароют, как я теперь зарываю других, и меня оставят одного в могиле, и пойдут обедать, а потом всяк примется за свое дело. Ничего не изменится от того, что я умру. И облачко точно так же пойдет по небу и береза зазеленеет весной, и другие люди будут жить на земле... О чем плакать и печалиться?

104

"Чему быть — того не миновать!" — было его постоянным припевом.

Вася, слепой мальчик, поселившись в церковной сторожке, то и дело слышал толки про смерть, про могилы да про покойников. Вася не видел мертвецов, не мог ясно представить их себе — и поэтому понятие смерти не внушало ему страха. Но все-таки по этому поводу у него со сторожем не однажды происходили разговоры.

— Дяденька, что деется с человеком, когда он помирает? — спрашивал Вася старика.

— Что деется? — отвечал тот. — А вот что: человек дышать перестает, похолодеет весь, ни рукой, ни ногой не пошевельнет... вот это и значит — помер.

— А что такое "смерть"? — продолжал Вася.

— Да что ж такое... смерть? — бормотал старик. — Придет конец краю — вот тебе и смерть...

Так Вася и не мог добиться ясного ответа на свой вопрос...

V

Вася двух лет остался круглым сиротой, без отца, без матери. У него был единственный родственник — дядя; четыре года он жил у дяди, пока тот не умер. Сторож и сторожиха — старики бездетные — сжалились над убогим мальчонком и взяли его к себе в приемыши, вместо сына... Около того же времени ослеп и Павел Рябок, всю жизнь свою проживший с женой в батраках по чужим людям. Были у него в Боровом двоюродные братья, но они переписались в мещане и уехали на житье в город. Разбогатевшие родственники не захотели и знать бедного Рябка.

— Приютили одного слепого, возьмите уж и меня, добрые люди! — сказал он сторожихе, как-то прибредя в церковь.

Ульяна была женщина добрая, близко принимавшая к сердцу людское горе.

— Ну, что ж... Иди, Бог с тобою! Как-нибудь прокормим... — отвечала ему сторожиха.

— Знамо дело, мир не даст умереть убогому, темному человеку... — мудро заметил Иван.

Вот вместе и поселились наши слепые — старый да малый — в церковной сторожке, под колокольней.

Когда Павел Рябок был еще зрячим и ходил по праздникам в церковь, то нередко встречал на погосте маленького слепого. Грустное и кроткое личико с закрытыми глазами тогда еще внушило Рябку большую жалость к себе и крепко запало ему в память. Несколько раз принашивал он Васе гостинцы: то калач, то печеных яиц, то пряников-сусляников. Тогда у него и в мыслях не было, что судьба когда-нибудь сведет его самого на жительство с этим маленьким слепым. Едва прошел год, — и вот Рябок поселился вместе с Васей в церковной сторожке.

Звали их "братанами", хотя они не были родственниками, но были людьми совершенно посторонними друг другу. Горе-несчастье свело их вместе, сблизило, породнило и — воистину — сделало братьями.

В то время, к которому относится наш рассказ, слепые уже в течение двадцати лет жили вместе. Старику было лет 70, Васе едва лишь минуло 25.

Рябок ослеп на пятидесятом году. В деревне говорили тогда, что "в глаза ему ударила темная вода". Он ослеп не вдруг, но мало-помалу терял зрение, мало-помалу видимый мир исчезал у него из глаз; с каждым днем свет все более и более пропадал у него из глаз, все пред ним более и более затуманивалось, — и, наконец, солнце с его веселым, радостным светом и блеском совсем и навсегда закатилось для несчастного. Вечные серые сумерки — печальные, беспросветные — наступили для него. Когда он, бывало, днем сидел в избе, то отверстия окон представлялись ему лишь серыми пятнами на черном фоне. Люди, днем подходившие к нему, являлись ему темными фигурами, какого-то неопределенного, фантастического вида. С наступлением вечера для него начиналась уже глухая, темная ночь, и огонь свечи или лучины не только не разгонял окутавшего его мрака, но еще пуще сгущал его.

Вася был слепой от рождения. Он не имел понятия о свете белого дня, никогда ничего не видал и жил посреди невидимых ему людей, в невидимом мире, словно в какой-то неведомой стране. Черно было вокруг него, все было черно — с того самого момента, как он стал чувствовать и понимать себя, и до последней минуты жизни. Старик, бывало, хоть во сне иногда видал своих родных, свою покойную жену и своих старых знакомых, видал голубые небеса, залитые жгучим, золотистым светом летнего солнца, видал тихо текущие, журчащие по камням прозрачные воды своей родной реки, видал деревья — зеленые, пахучие деревья: развесистые и такие тенистые в часы знойного полудня, видал траву и цветы... А Васе ничего такого и во сне не грезилось, потому что он ничего этого не видал, не знал, не имел понятия. Старик мог вспоминать свое прошлое и говорить с людьми обо всем; Васе не о чем было вспоминать, и оставалось только раздумывать про себя, расспрашивать о чем-то да теряться в догадках. Один жил в мире, хотя теперь невидимом для него, но уже знакомом, — и поэтому жил, так сказать, смело и чувствовал себя спокойным. Другой же был робок и неуверен, ибо все ему — на каждом шагу — казалось странно и непонятно.

У обоих слепцов слух и осязание были тонко развиты, но у

мальчика они были развиты лучше. Самый легкий, чуть слышный, скрадывающийся шорох не ускользал от его внимания, самый обыкновенный шум и стук пугали его, заставляли вздрагивать. Легкое веяние воздуха он чувствовал на своем лице так же хорошо, так же явственно, как мы чувствуем дуновение ветра...

Слепые были всегда вместе, всегда неразлучны, — их иногда за то и звали "неразлучниками".

Во всякую пору дня, во всякое время года — впрочем, чаще летом, — можно было встретить их идущими по дороге в какую-нибудь соседнюю деревню. Бывало, тихо бредут они, одною рукой опираясь на палку и шаря палкой по земле, а другою держа друг дружку за руку.

Странную картину тогда представляли они собой... Один — с широко раскрытыми, мутными, ничего не видящими глазами, с желтым морщинистым лицом, с бледными, тонкими губами, глубоко впавшими в беззубый рот, с серебристыми прядями на висках и на затылке и с длинною седою бородою — выглядел настоящим деревенским патриархом. Он был довольно высокого роста, но горбился, был довольно толст, грузен и ступал тяжело. Другой — юноша, с вечно закрытыми глазами, среднего роста, худощавый, но стройный, с легкою поступью. Лицо у него было очень приятное, нежное, с легким розовым румянцем, выступавшим на щеках от усталости или от волнения, прекрасный большой лоб, прямой тонкий нос, маленькие губы, правильные тонкие брови, словно обведенные кистью, небольшие усы и чудесные белокурые волосы, волнистые и мягкие, как шелк.

— Красная девушка! — говорили про него на деревне.

Когда он улыбался, на щеках его показывались ямки. Положительно невозможно передать того милого выражения, какое обыкновенно появлялось на его губах, когда он бывал спокоен и сидел молча. Такая сердечная доброта и кротость, такое невозмутимое спокойствие сказывались на ту пору в этом молодом лице, с вечно сомкнутыми глазами, что просто от него не хотелось глаз отвести, и все смотрел и смотрел бы на него... Недаром же художник, однажды работавший при церкви, списал с этого слепого юноши лик ангела, являющегося в темницу для освобождения апостола Петра. На образе ангел был облечен в белые блистающие одежды, и глаза у него были открытые, голубые, почти синие... но, несмотря ни на что, — ни на открытые глаза небесного цвета, ни на блестящие развевающиеся одежды, какие никогда и никто в Боровом ни сам не носил, ни на других не видал, — все-таки прихожане разом узнали в этом ангеле, являющемся в темницу, знакомое им лицо "слепого из церковной сторожки".

В лице старика иногда еще выражалось недовольство, сказывалось страдание, видно было, что человек никак не мог примириться со своим положением и тосковал о потере зрения. На лице же юноши лишь изредка можно было заметить тихую грусть; чаще же в лице его выражалась покорность судьбе. Старик любил поговорить и иногда молча шевелил губами, как бы с кем-то рассуждая; юноша говорил редко, и губы его по большей части оставались сомкнуты. Оттого ли, что он молчал, оттого ли, что глаза у него были закрыты, — Вася всегда казался погруженным в глубокую думу.

Одевались они, ели и пили, как Бог приведет. Зимой Павел Рябок ходил в овчинном тулупе, а Вася — в таком же полушубке, на ногах они носили белые валенки до колен. Шапки у них были зимой и летом одни и те же, у старика была рваная баранья шапка, какую обыкновенно носят мужики, у Васи была круглая драповая шапочка на вате. Эту шапочку подарил ему один проезжий.

Вот именно в таком виде я встретил однажды слепых на дороге. Это было в самом начале зимы, когда только что выпал первый снег и земля кругом забелелась. На лугах кое-где из-под снега еще торчали сухие высокие стебли трав, и на голых ветвях деревьев снег еще не лежал кучей, но висел легкими, красивыми узорами, которые со стороны казались как бы выстриженными из белой бумаги. И на этом блестящем, белом фоне снежной поляны слепые издали выделялись, как два темных движущихся пятна. Когда я подходил к ним, старик беззвучно шамкал губами, а юноша, высоко подняв голову, в задумчивости как будто смотрел своими закрытыми глазами на серые снеговые облака, низко ходившие над землей. Слепые крепко держались за руки, и костыли их мерно поднимались и опускались — прежде, чем сами они успевали сделать шаг вперед.

— Мир дорожкой, братцы! Куда бредете? — спросил я их. Слепые разом остановились, как вкопанные.

— В Фоминское! — сказал старик, кивнув головой вперед на дорогу. — К лавочнику за табаком надо.

— Доброе дело, старина! — отозвался я.

— Вишь, снежку напало за ночь-то... славно теперь ходить-то стало! — продолжал старик. — Я уже вчера с вечера по воздуху чуял, что быть снегу...

— А ты, Вася, узнал меня? — спросил я юношу.

Он поворотился ко мне и с минуту как бы раздумывал над услышанным им голосом, потом вдруг кроткая, добродушная улыбка пробежала по губам его и озарила все его лицо, разрумянившееся от холода.

— Узнал! — обрадовавшись, проговорил он. — А ты к нам в Боровое?

— Да, в Боровое иду.

— Ну, с Богом! — прошамкал старик.

Мы расстались. Но я еще не однажды оглядывался назад... Слепые шли, держась за руки и ни на шаг не сбиваясь с пути. Так они всегда ходили вместе.

Летом братаны обыкновенно ходили босиком, в одних рубахах и портках. Старика часто видали даже без шапки. Рубаха на нем всегда была синяя, пестрядинная, подпоясанная низко по животу. Вася носил белые длинные холщовые рубахи, а в большие праздники старик наряжал его в розовую ситцевую рубашку и подпоясывал его своим красивым пестрым поясом. Он с жаром уверял Васю, что эта рубашка и пояс очень хороши. Вася улыбался и ласково гладил старика по плечу. Для него все рубахи, все пояса на свете были равно хороши. Он, бедняжка, не знал, что такое значит розовый или красный цвет...

Здесь кстати заметить, что кому Вася хотел выразить свое особенное расположение и ласку, того он обыкновенно гладил по плечу или по голове. Так не однажды он гладил и меня по плечу и называл "радостным". Он называл так всякого человека, почему-либо особенно любезного ему... Впрочем, казалось, он был таким незлобивым существом, что равно любил всех людей и всякую тварь, — любил все живущее на земле.

111

Несмотря на свое, по-видимому, безвыходное положение, братаны-неразлучники не были дармоедами, не жили на чужой счет, на готовом хлебе. Они работали по мере сил, и работали постоянно. Редко можно было застать их без дела, сидящими сложа руки.

Старик завел маленькую деревянную ручную мельницу для растирания листового табаку и научил Васю молоть табак. Они закупали гуртом по нескольку связок табачных листьев и почти на всю волость поставляли нюхательный табак. Старик также научил Васю прясть, а сам из пряжи вязал мережки для рыболовов. Кроме того, старик сам заготовлял березовые лубки и плел на продажу лапти. Когда, бывало, ни зайдешь к ним в сторожку, оба всегда над чем-нибудь копошатся. Отнесут одну работу и тотчас же берут другой заказ. Если же один из братанов долго прихварывал или случалось мало работы, тогда, в минуту жизни трудную, они отправлялись в ту или другую деревню к более зажиточным мужикам и просили именем Христа помочь им. И старик говорил:

— Исхудались, обносились мы совсем, добре люди!

— Хлебца у нас нет! — тихим, молящим тоном добавлял Вася.

И имущие давали им хлеба, масла, яиц, холста, ниток, — давали потому, что совесть зазрила бы всякого, кто вздумал бы не поделиться с этими несчастными от своего избытка, — не всуе, не напрасно, и поэтому ни у кого язык не повернулся бы сказать этим "темным" людям какое-нибудь жестокое слово и попрекнуть их куском хлеба. Все в околотке знали, что слепые работали, что могли и сколько могли, а если шли просить ради Христа, так уж, значит, в том была не их вина. Они свое все сделали...

И удивительно — даже просто невероятно — до чего доходило у них развитие памяти... В окрестности Борового находились большие деревни, как, например, Фоминское, Анохино, Горбачево, Еремкино. В Горбачеве было несколько переулков, Анохино выстроилось самым бестолковым образом, но никогда еще не бывало, чтобы слепые, странствуя по этим селениям, сбились с дороги, чтобы они зашли не в тот переулок или не в ту избу, куда им было надо. Правда, шли они не скоро, иногда останавливались, и постояв с минуту, они — на этот раз уже с уверенностью — шли далее и всегда попадали именно туда, куда им было нужно.

Часто также, вместо сторожа, слепые ходили звонить на колокольню. Рябок еще прежде немного умел звонить, теперь же отлично набил руку и научил звонить Васю. Они уже знали колокольню как свои пять пальцев и живо взбирались по лестнице на верхнюю площадку, где висели колокола.

Вася особенно любил звонить и занимался этим делом с каким-то страстным увлечением. Берясь за колокольные веревки, он, казалось, проникался восторгом и весь приходил в движение. Он тяжело дышал, и лицо его от сильного волнения заливалось густым, горячим румянцем... Слепой преображался. Казалось, в те минуты ему представлялись какие-то чудесные видения... Тут, на колокольне, под удары колокола он как бы чувствовал себя сильным, могучим человеком, властвовавшим над целым морем звуков. В эти минуты он был выше всех в Боровом и в его окрестностях: выше его только птицы летали. Колокольными звуками он сотрясал воздух и всю окрестность наполнял звоном и гулом. Говор его колоколов слышали повсюду в деревнях, крестились набожно и шли, стекались люди отовсюду на его звон, — шли полями, перелесками, лугами, шли нарядные и убогие, счастливые и печальные... "Бум-бум!" — гудели колокола над его головой, и юноша с каждым ударом тяжелого, с трудом раскачиваемого колокола, казалось, вырастал, поднимался все выше и выше над землей и носился, летал в мире звуков. Он испытывал при этом такие сильные ощущения, переживал так много, что после звона, совершенно изнеможенный, обессиленный, с побледневшим лицом, чуть не падая от усталости, ложился тут же, на колокольной площадке. Он тяжело дышал и несколько минут находился как бы в легком обмороке. Ветерок, обвевавший его, мало-помалу приводил его в чувство.

— У-ух! — вздыхал Вася, приходя в себя и приподнимаясь на локте. — Ух, батя! Как высоко я теперь был, как я далеко летал! Даже дух захватывало...

— Ну, вот — почто же, родной, так надсаждаешься! — с упреком говорил ему старик и озабоченно трогал его разгоряченную голову, его пылающий лоб и прикладывал руку к его сильно бьющемуся сердцу. — Разве можно этак! Вишь, как сердце-то у тебя стучит, ровно выскочить хочет.

Вася, наверное, еще более полюбил бы колокольню, колокольня еще более доставляла бы ему наслаждения, если бы он мог любоваться тем далеким, прекрасным видом, какой открывался с высоты ее.

Боровое стояло на возвышенности, а погост занимал высшую точку этого возвышения. Отсюда почва понижалась, и леса, с трех сторон окружавшие Боровое, шли уступами — чем дальше, тем ниже и ниже, — так что с колокольни видны были на громадное пространство вершины лесов, уходивших все дальше и дальше, спускавшихся все ниже и ниже. Самые дальние леса — на горизонте — уже казались только синеватой тенью, и эта тень в сумерки да в ненастье сливалась с небосклоном... Много лет тому назад один художник, как-то попавший в эту сторону, хотел срисовать с высоты колокольни лесную панораму, окружающую Боровое: несколько раз принимался он за работу, но, наконец, бросил кисть и в бессилии махнул рукой. А он в свое время был художник замечательный. Иногда и по сию пору бары приезжают в Боровое и подолгу смотрят с колокольни вдаль на чудесную лесную перспективу...

Хотя Вася не мог любоваться этой прекрасной картиной, но он все-таки "по-своему" любил колокольню и любил колокола. Он холил их, ухаживал за ними, как за живыми, чувствующими существами. Он нежно гладил их рукой и крепко припадал щекой к их холодной металлической поверхности. В сильный ветер, когда колокола тихо гудели, Вася прикладывал ухо к их звучавшим стенкам и жадно прислушивался к их неясному шуму. В этом шуме была своего рода музыка, был своего рода таинственный разговор, понятный только ему одному... Накануне праздников он тщательно мыл колокола, вытирал их суконкой, — и колокола блестели... Да, для Васи колокола были живыми, дышащими существами: они разговаривали с ним, доставляли ему удовольствие! — он в течение двадцати лет уже привык к ним, сроднился с ними. Он ласкал их, заботился о них, он уже с детства каждому колоколу дал свое название. Так, например, один назывался "малюткой", другой — "молодчиком", третий — "ревуном" и т. д.

114

Братаны, как уже сказано, жили в церковной сторожке, в той ее половине, из которой вела лестница на колокольню. Спали они вместе на сене, прикрытом какой-то дерюгой. В каморке стояли стол и две скамьи. В переднем углу висел старый почерневший образ Ивана воина, а за образом были воткнуты две засохшие вербы. В щелях стен торчали кое-где пучки пахучей болотной травы, по названию "блошник". По мнению деревенских людей, эта трава не дает заводиться в избе клопам, блохам и другим надоедливым насекомым... Стол был завален лубками, мотками ниток, клубками веревок, гвоздями. На полу валялись стружки, обрезки досок, какие-то палочки. В углу стояли костыли и на них висели шапки. Единственное окно каморки выходило в поле, да и в этом единственном окне жильцы не нуждались: оно не освещало окутавшего их мрака...

Сторожиха варила им щи, пекла хлеб, шила и починяла одежду.

Жизнь в сторожке шла однообразно, сегодня — как вчера, а завтра — как сегодня.

Зимой братаны обыкновенно работали в избе, а летом выходили с работой на улицу. В праздник, а иногда и в будни, ради отдыха, слепые отправлялись в лес, отстоявший в версте от Борового. Вернее сказать, старик вел Васю, потому что по прежней памяти отлично знал в окрестности все дороги и тропинки. Для юноши прогулки в лес составляли истинную усладу в жизни...

Тихонько, ощупью пробирались они по лесу, по узенькой тропинке и, зайдя в чащу, не очень далеко от опушки, присаживались на какой-нибудь ветхий пень или прямо на землю. Тогда начинались разговоры или, лучше сказать, рассказы, потому что, собственно, говорил больше один старик а Вася только слушал и лишь изредка задавал вопросы.

VIII

В прекрасный летний день, тихий и ясный, забрались братаны в лес.

Вася раскраснелся от ходьбы и теперь с блаженной улыбкой отдыхал, сидя под березами в тени, наслаждаясь чистым, благоухающим воздухом, лесным безмолвием и солнечным теплом. Вася был счастлив в эти минуты. А для Павла Рябка удовольствие отравлялось сожалением о том, что он теперь не мог видеть воочию всей этой Лесной благодати, окружавшей их со всех сторон. Он с детства ходил в этот лес и знает, как хороша его зеленая чаща в летние дни. Он знал, что теперь вокруг него — красивые темно-зеленые ели и сосны, светлая зелень берез, толстые, мшистые стволы, пни срубленных деревьев, а около них, между кочками, поросшими высокой травой, ягоды, цветы — и повсюду вокруг игра света и теней. А там, высоко, над деревьями, ясное, далекое небо... Старик представил себе все это, припомнил свое веселое, беззаботное детство и тяжело вздохнул — от души. Не суждено ему было видеть родной лес...

Не вижу, ничего не вижу... и уж никогда не увижу! — с горечью говорил он про себя.

На глазах его блестели слезы и тихо катились по морщинистым щекам...

А Вася сидел, счастливый в своем полном неведении, улыбался от удовольствия и полною грудью вдыхал воздух, напоенный ароматом цветов и трав. Под жаркими лучами солнца сильно пахли ели и сосны, пахла береза, вереск, можжевельник. Лесною глушью, дичью веяло отовсюду... Тихо в лесу, только птички щебечут и запевают порой.

— Чу! Слышь, батя? Где-то собаки лают! — заговорил Вася, наклоняя набок голову и прислушиваясь.

— Надо быть — на Анохине... — подумав, отозвался старик, немного погодя.

Тихо в лесу, но вдруг пробежал ветерок, и посреди безмолвия стало слышно, как зашелестел лист.

— Что это шумит? — спрашивает Вася.

— Это листья шумят на осине! — отвечает старик. Пронесся ветерок и стих, опять безмолвие в лесу. Вот пчела близко налетает и жужжит...

— А это — пчела летает, собирает сок с цветов для меду! — поясняет старик.

— А где она живет? — спрашивает Вася.

— В дуплах, в ульях, — говорит старик. — Ульи — такие, знаешь, небольшие деревянные колоды с окошечками... А на зиму убирают их в пчельник, — такое строенье, значит...

— А это что? Цветок? — немного погодя, вопрошает Вася, ощупав у себя под рукой какое-то растение.

— Где? Постой-ка, — бормочет старик и, в свою очередь, ощупывает растение, наклоняется к нему, нюхает его.

— А-а! Это называется "Дикий цикорий"... — говорит он, помолчав. — Желтенький цветочек, так себе, неважный... Он все больше в поле растет. А вот это — папоротник! — рассказывает старик, продолжая шарить рукой вокруг себя. — Лист у него красный, весь узорчатый, а пахнет худо... А вот это — лист брусники... Это — костяника... А это — волчьи ягоды: они, говорят, ядовиты... А вот это колючее-то... пощупай, не бойся!.. это — шиповник. Весной он весь розовым цветом обливается и пахнет чудесно, сладко таково... В лесу-то, братец ты мой, каких цветов только нет. Вот я ужо тебе богульник сорву, — понюхай! Хорошо пахнет...

И старик усердно шарит вокруг себя рукой, ползает на коленках взад и вперед, ищет и, наконец, находит цветок.

— Эти цветы вечером да ночью шибко пахнут, особенно ежели вечер сырой, росистый! — замечает он, подавая Васе цветок.

— Богульник? — переспрашивает тот, наклоняясь над цветком и как бы стараясь запомнить его название.

— Да! Богульник... Его от всяких болезней употребляют, чай из него пьют.

— А-ах, хорошо! — шепчет Вася, вдыхая в себя аромат диких лесных цветов. Он покачивает головой и, видимо, — в восторге.

— Боже ты мой! Что теперь в лесу-то делается! — восклицает старик. — Жаркое солнышко светит теперь над нами. Небо синее, а вокруг нас все зелено... Ночью ужо в траве светляки загорятся. По низким местам белая роса начнет расстилаться... Вот точно все это теперь вижу перед собой, а рассказать — уменья не хватает, да и слов таких нет! Впрочем, что ж! Тебе не растолкуешь! Ты ведь, сердечный, ничего этого отроду не видал...

— Не видал! — с покорностью, смиренно шепчет Вася.

— То-то и есть, мой родной! — замечает старик, и глубокая грусть слышится в его голосе.

Слепые несколько минут сидят молча, словно прислушиваясь к таинственному шороху, что расходится кругом них по лесу, по-за кустами.

— Ох, я — грешник, грешник! — как бы сам с собой, вслух, вдруг начинает старик дрогнувшим голосом. — Могу ли я жаловаться да роптать на судьбу! Почитай, пятьдесят лет прожил я, как и все люди, прожил здоровым и зрячим... И на Божий мир насмотрелся, всего навидался вдоволь, и женат был, и жена была хорошая, и детки были... Все я узнал, все испытал, отведал горького и сладкого... А вот — бедняга-то! (Старик кивнул головой на юношу). Вот уж это, точно — бедняга... Ни отца, ни матери не видал, ни земли, ни неба, ни красного солнышка... Ничего-то не видал, ничего не знает! Да и то не жалуется... О-ох, дитятко ты мое милое, сердечко ты мое болезное! Велико твое горе... Ох, Вася, бедный ты мой!

— Мне, батя, хорошо с тобой! — успокаивающим тоном отзывается юноша. — В обиду меня ты не дашь, всему меня наставляешь, учишь, чем и как делать, водишь меня, рассказываешь мне про все... На что ж мне жаловаться? Хлебушка у нас есть, живем, слава Богу, под крышей... Нет, батя! Мне хорошо с тобой...

И Вася любовно гладит старика по плечу. Старик молча утирает дрожащей рукой навертывающиеся на глаза слезы.

118

Какая-то маленькая птичка запевает в кустах. "Чюи-чюи" далеко разносится по лесу.

Кто это? — спрашивает Вася, прислушиваясь.

А это, батюшка, иволга! — отвечает ему старик. — А вот другая-то птичка, что тоненьким голоском поет, — малиновка... Еще есть варакушка, та всякий вздор насбирывает, чиликает-чиликает... Зяблик хорошо поет, только уж больно тихо... Есть еще птица — дятел, весь пестрый, красивый такой. Этот все по деревьям лазит да клювом кору долбит, червячков себе ищет. А помнишь, Вася, как весной в Даниловской роще соловей-то пел?

— Помню! — отозвался Вася. — А знаешь, батя, птичка мне всего больше по сердцу?

— Какая?

— Жаворонок! Его песенка мне больно люба. Все бы, кажется, слушать его...

Кроткая светлая улыбка мелькает на губах юноши, когда он вспоминает пенье жаворонка. Собеседники помолчали.

— Ну, вот ты — парень молодой, — опять начинает старик, — тебе жить бы надо да веселиться... Вон птички-то гнезда вьют, живут парами, друг дружку песенками утешают, а ты у меня один-одинешенек... только со мной, стариком, и время проводишь. Какое уж тут веселье! Иные хоть в детстве-то поиграют, отведут душеньку. А ты и тогда, как теперь, в потемках сидел: ни тебе побегать, ни тебе поиграть... О-охти, горе-гореваньице!

Вася вздохнул и промолчал. А старику горько за него: "Легкое ли дело — этакому молодому в несчастии весь век вековать!"

В разговорах да в рассказах время проходит незаметно. Братаны здесь же, в лесу, и обедают — вынимают из узелка краюху хлеба, разламывают пополам, посыпают крупною солью и едят, а потом чашкой достают из речки воды и студеною водою запивают свой немудреный обед. Тут же ложатся они отдыхать и, убаюканные лесным шелестом, шорохом, сладко засыпают под пенье птичек.

Вечером тою же дорогой братаны возвращаются домой. Солнце ясно закатывается и, словно растопленным золотом, заливает всю западную сторону неба. Братаны, держась крепко за руки, подходят к Боровому. Бревенчатые стены изб и маленькие оконца, обращенные к западу, словно горят, ярко озаренные в те минуты красноватым светом заходящего солнца. Но братаны не видят этой яркой картины, не видят и того, как, немного погодя, над головами их в голубом небе зажигается первая вечерняя звезда.

А соседи, завидев слепых, приговаривают: "Вот наши неразлучники домой пробираются".

Васе — двадцать пять лет от роду, но он совершенно дитя, умное, доброе, незлобивое дитя. Ни о чем нет у него ясных представлений. Он только чувствует, что вокруг него живет какой-то мир, живут какие-то существа, называемые людьми. Он походит на эти существа, но между ними та разница, что у него глаза закрыты, а у них открыты. Те люди — "зрячие", а его зовут "слепым". Батя говорит, что зрячие люди видят белый свет, а они с батей живут в потемках. Что такое значит "видеть"? Что такое — "белый свет"? Что такое — "потемки"? Все это для Васи — слова непонятные, без смысла и значения. Он только знает, что ему чего-то недостает против других людей... но чего именно недостает — вопрос. Он часто слышит, что люди жалеют его, называют "несчастным". Поэтому он думает, что ему, значит, жить хуже, чем другим... но чем хуже? Он не знает и в точности определить не может, сколько ни старается. Напрасно он ломает голову, напрасно раздумывает... Все вокруг него как-то смутно, загадочно, таинственно.

Он ничего не боится, потому что ничего не знает. При ходьбе он постоянно натыкается на что-нибудь, оступается, постоянно не уверен и не знает иной раз, где взять то, что ему надо. Его голова поминутно работает. Он задает вопросы, но получает на них непонятные ответы.

Расскажи мне, батя, что такое — солнышко? — приступает он к старику.

— Ах, ты — чудак! — отзывается тот, сам становясь в тупик. — Да как же тебе рассказать? Ну, это, значит, такой круг ходит по небу — светлый, даже глазам больно смотреть на него.

— А где оно ходит на небе? Далеко? — допрашивает юноша.

— Вон там, вверху... — далеко-далеко!..

Вася поднимает голову. Губы его полуоткрыты, в лице его какое-то болезненное, напряженное выражение. Темно, темно, как всегда!..

— Прежде и я видал солнышко, а теперь у меня перед глазами

так же черно, как и у тебя, дитятко! — с горечью замечает старик.

Вася молча вздыхает.

Однажды гроза застала их на дороге. Яркая молния поминутно зажигала темные тучи, низко нависшие над землей, и гром грохотал в поднебесье, глухими раскатами замирая вдали.

— Батя! Скажи ты мне, пожалуйста, что это такое стучит? — спрашивает Вася. — Точно какая-нибудь большая телега где-то катается...

— Это, сказывают, от жары бывает, а что — и сам я доподлинно не знаю, — отвечает старик и боязливо крестится, когда сильный раскат грома разражается над его головою.

А Вася не робеет, нет для него страхов. Он, как пловец, не имеющий понятия ни о мелях, ни о подводных камнях, ни об ужасных ураганах, наводящих страх на моряков, носится по неведомым ему волнам житейского моря. Он только заботится, как бы ему не упасть или не натолкнуться на что-нибудь. Если при ходьбе он задевал за что-нибудь плечом и слегка стукался обо что-нибудь головой, то всегда сильно вздрагивал, и на побледневшем лице его выражался испуг — не страх, а именно испуг, обыкновенно испытываемый чувствительными натурами при всякой неожиданности.

— Батя! Растолкуй мне, что такое огонь? — спрашивает Вася в другой раз. — Я брал его в руку — в руке ничего не оставалось, а все-таки руке было больно. Отчего же больно-то, когда тут ничего нет? А?

— Огонь жжет, оттого и больно! — объяснил старик.

— Не возьму я в толк... — шептал юноша.

Сны были для Васи лишь повторением действительности. То грезилось ему, что он сидит и растирает табак, то будто прядет, и нитка у него тянется без конца, а веретено тихо жужжит под пальцами; то будто он идет об руку с батей по какой-то ровной, гладкой дороге, ни за что не запинаясь, ни за что не задевая, идут они все в гору, все выше, выше, дышится так легко, свободно, так хорошо. То снилось ему, что он с батей сидит в лесу и батя рассказывает ему всякие истории о людях, о зверях,

122

о птицах и рыбах, то грезилось ему, что он с батей звонит на колокольне и словно носится по-над землей вместе с птицами...

Слепые жили в своей сторожке, как в монастыре или в пустыне. Редко доходили до них житейские новости и слухи, а все же-таки доходили порой.

— Что это они все ссорятся и злятся друг на дружку? — говорил Вася. — Неужто им тесно жить стало?

— Всякий о себе думает, дитятко! — возражал старик. — Каждому охота лучше... Вот и перебивают друг у дружки все, что попадется...

А разве иначе никак нельзя? — спрашивает юноша. Так уж, говорят, свет устроен...

Худо, ежели правду так... — бормотал про себя Вася. Осенью в Боровом бывала ярмарка. Она длилась три дня и называлась Покровскою, потому что продолжалась с 1 до 4 октября. В это время в Боровое приезжали купцы из города, крестьяне приводили на продажу скот — лошадей, коров, наезжали цыгане, торговцы с красным товаром и со всякими сластями. Деревенская площадь захлебывалась народом, даже по погосту бродили толпы. В эти дни шум и крики с утра до ночи раздавались в Боровом. Иногда завязывались ссоры, и ссоры доходили до рукопашных схваток.

— Господи! — в волнении восклицал тогда Вася. — И из-за чего они дерутся? Что им надо?

— Да разве без драки можно! — возражал старик.

— Разве же нельзя погулять смирнехонько?

— Что же за праздник без драки...

Вася недоумевал... Болезненное выражение появлялось тогда на его сжатых губах. Когда до него доносились крики пьяных и неистовые ругательства, он вдруг бледнел и начинал тяжело дышать...

— Ох, дураки, дураки! — с сердцем бормотал старик.

— Батя! Жаль мне их... вот как жаль! Сказать не могу... —

123

тихим, дрожащим голосом шептал юноша. — Что это они делают? Зачем они этак?

Он тяжело вздыхал и низко клонил голову.

Ярмарка, праздники, гулянья всегда сильно расстраивали его. В ту пору он плохо спал ночи, часто просыпался и будил старика...

— Батя! А, батя! — испуганно взывал он. — Ты ничего не слыхал? Как будто кого-то бьют, кто-то стонет... или это мне так почудилось!

Иногда ему грезились эти крики во сне, а иногда слышались наяву... В ту пору и ветер, завывающий по погосту и глухо гудевший колоколами, и лай собак, и шум деревьев заставляли Васю вздрагивать и напряженно прислушиваться к тому, что происходит за стенами их безмолвной, тихой сторожки.

Мало на свете братьев, которые любили бы друг друга так крепко, как наши братаны-неразлучники. Старший покровительствовал младшему, служил ему руководителем; младший зато всячески старался услужить ему.

— Батя! Отдохни... Я один поработаю! — говорил Вася. — Ложись! Я постель тебе поправлю...

И Вася излаживал сено, чтобы старику было ловчее лежать.

— Ой, родной ты мой! — с сердечным умилением шамкал старик. — Я уж не знаю, как бы я без тебя и жить-то стал...

— Нет, батя! — возражал юноша. — Ты-то прожил бы без меня, а вот я-то пропал бы один!

— Не хотелось бы мне оставлять тебя... — продолжал старик. — А придется оставить! Ты еще — парень молодой, а я уж стар; тебе еще долго жить надо, а мой конец — не за горами. Охо-хо!

— Хорошо бы мне с тобой вместе умереть! — задумчиво промолвил юноша.

Слепые не раз разговаривали об этом, но старик обыкновенно кончал все одним и тем же:

— Нет, дитятко! Ты моложе... ты переживешь меня. — И затем в виде утешения добавлял: — Ну, свет не без добрых людей! Не покинут темного человека...

— А все-таки я один буду! — повторял юноша грустно. — Кто со мной разговаривать станет, да и о чем говорить со мной? Знаешь, батя, мне иной раз кажется, что мы с тобой только вдвоем на свете живем...

Да и вправду! — соглашался старик. — Все люди сами по себе, а мы двое — сами по себе. Мы промеж людей ровно отрезанные ломти...

Да. Именно они чувствовали себя в мире отрезанными ломтями и поэтому-то так крепко прижимались друг к другу.

Они не могли принимать прямого, деятельного участия в горях и радостях своих ближних, хотя в душе и радовались чужой радости и печалились чужому горю... Старик знакомил юношу заочно с землей, с людьми, и со всем вообще, что окружало его. Вася не уставал слушать, иногда и сам расспрашивал кое о чем. Рябок любил рассказывать о своей прошлой жизни и сам для себя находил в этом удовольствие. Старик рассказывал, как он женился, как у него родились дети, как они умерли, как, наконец, он схоронил жену и остался бобылем...

— Все прошло! — говорил он. — Вся жизнь — точно сон... Между братанами не существовало тайн. Каждою мыслью, каждым чувством делились они друг с другом. У них все было общее. Двадцать лет изжили они вместе, под одною кровлей, и все это время жили душа в душу. Один из них за это время рос и становился юношей, другой — старился и дряхлел. Они привыкли друг к другу так, как только могут привыкать люди. Иногда, даже проснувшись ночью, Вася окликал старика:

— Батя! Ты тут?

— Здесь я, здесь, дитятко! Спи, голубчик, Господь с тобою! — спросонок успокаивал его старик.

Юноша искал руку старика и, прикорнув головой к его плечу, засыпал спокойно и тихо, как дитя, как птенчик под крылом матери, вполне уверенный в своей безопасности.

Если, бывало, старик занемогал, юноша просто сам не свой, ходит, мечется по каморке, то сядет у старика в ногах, то начнет гладить его по голове, по лицу, то вдруг крепко прижмется губами к его морщинистой щеке и скорбно и глубоко вздыхает.

— Батя! Да что же это? — с беспокойством спрашивает он старика, а у самого голос так и дрожит, как в лихорадке, и весь он страшно волнуется. — Что с тобой? А? Тебе больно? Батя, голубчик, скажи: что для тебя сделать? Вымолви только!

— Ничего, родной мой! Пройдет, ужо поотлежусь... — успокаивал его старик. — Простудился, видно, маленько, как вчера на колокольню лазил. Не кручинься, живо поправлюсь... Ведь уж без болезни не проживешь!

— Батя, батя! — волновался юноша, ломая руки и в отчаянии

низко свешивая на грудь старика свою белокурую голову. — Ведь ты не умрешь, не умрешь? Да?

— Нет, голубчик, не умру... почто! — говорил тот. — Не такая у меня болезнь! Вот завтра ужо к утру и встану, как ни в чем не бывало!

В это время Вася не ел, не спал, не знал покоя ни днем, ни ночью — и страдал не меньше самого больного. Зато же как и радовался он, когда старик выздоравливал.

— Ну, вот и отлично! — приговаривал Вася, ласково гладя его по плечу. — Ай, да батя! какой ты хороший...

Вася прихварывал редко, но во время его болезни старик так же ухаживал за ним, как за любимым сыном, так же беспокоился, не спал ночи, плакал над своим детищем и сам едва держался на ногах от тревоги и усталости. Слепые даже были не в состоянии представить себе, что они могли обойтись один без другого. Это было для них решительно немыслимо, невозможно... Жили-были на свете сиамские близнецы, два сросшихся человека, которые думали и чувствовали заодно, заодно болели, заодно радовались и печалились. Наши слепые были своего рода сиамские близнецы — близнецы не в физическом, но в нравственном смысле. Души их сблизились, сроднились... Они не могли быть счастливы и довольны друг без друга, они не могли жить вдали один от другого... Люди, довольные, счастливые, избалованные жизнью, люди, у которых было много друзей и много всяких радостей, даже не поймут, как была велика и сильна любовь этих несчастных слепых друг ко другу. О людях, живущих дружно, говорят: "Они живут душа в душу!" Эти слова всего более шли к нашим слепым, к братанам-неразлучникам. Они не видели, но чувствовали друг друга... Они по инстинкту угадывали, когда один из них беспокоился о чем-нибудь или чувствовал себя неловко, нуждался в чем-нибудь. Они иногда задумывались об одном и том же, желали одного и того же. Так, например, не раз они сталкивались у печки с дровами. И тот и другой в одно и то же время задумывал топить печь, и, чтобы не беспокоить сожителя, каждый из них, не говоря ни слова, хотел сам потихоньку затопить печку.

— Вася! Ты это что? — спрашивал старик, ощупывая принесенные Васей дрова.

— А я собираюсь печь топить! — отвечал тот.

— Гм! А я было тоже за тем же сюда прилез... — с усмешкой говорил старик. — Ну! Оставлю свои дрова тут... до другого раза! Пригодятся...

— Пригодятся... Оставь! — соглашался Вася.

Иной раз, не сговариваясь, они разом начинали укладываться спать, в одно время принимались мести каморку.

— Ты что, Вася, примолк? — спросит иногда старик.

— Что-то тоскливо, батя! — ответит тот и тихо вздохнет. А старик между тем сам уже ранее закручинился. Иногда, не говоря ни слова, они сидели за работой и оба улыбались, видимо, совершенно довольные сами собой в те минуты. Наконец, братаны даже перестали и удивляться тому, что они заодно думали и чувствовали. Для них показалось бы странно, если бы было иначе. Они представлялись как бы одним человеком в двух лицах, как будто один человек был расколот надвое: одна половина была старческая, другая — молодая. Так же точно все их помыслы и чувства казались расколоты надвое, и при этом каждый из них дополнял другого.

— Ой, дитятко мое милое, — скорбно говаривал старик, — плох я становлюсь... Боюсь, как бы нам разлучиться не пришлось, останешься ты без меня сиротинушкой...

— Нет, батя! Не придется... — спокойно замечал юноша.

И в те минуты какая-то торжественная уверенность звучала в его голосе, светилась в его милой, кроткой улыбке, выражалась во всем его лице.

На этот раз судьба исполнила человеческое желание...

Была весна в полном разгаре. Леса стояли в свежем зеленом уборе, в полях и лугах пестрели цветы. По праздникам девушки в нарядных красных сарафанах гуляли по лугам, рвали цветы и плели себе из них венки. Девушки порой запевали песни, и протяжные, переливчатые звуки их песен долетали до церковной сторожки, и слепые, сидя у раскрытого окна, прислушивались к ним.

128

— Девушки песни поют! — говорил старик и подолгу сидел неподвижно, понурив голову.

А юноша облокачивался на окно, склонял голову на руки и с какой-то жадностью, с грустью и отрадой внимал этим песням. Губы его полураскрыты, на щеках — румянец... Затаив дыхание, прислушивается он к звонким молодым голосам. Он отрезан, отчужден от этого веселья, но может наслаждаться им издали по слуху...

Наступил праздник Всех Святых.

Сторож был чем-то занят в церкви и попросил братанов сходить за него на колокольню — поблаговестить к обедне. Слепые никогда не отказывались от этого и с удовольствием ползали на колокольню летом и зимой. Когда теперь сторож предложил слепым идти благовестить к обедне, юноша весело поднялся с лавки.

— Пойдем, батя! Пойдем! — радостно вскричал он. — Уж поздно же я сегодня...

Только, братцы, у правого колокола веревка перервалась! — заметил Иван. — Надо будет вязать ее...

Ну, что ж! Свяжем... Ведь не в первый раз! — отозвался старик.

Пошли братаны по лестнице, — Вася впереди, старик за ним. В течение двадцати лет они так свыклись с лестницей, что знали не только число ступеней, но и особенности почти каждой из них: у одной ступени, например, была выемка, другая была немного наклонена влево, та слегка пошатывалась и т. д. Живо взобрались братаны на колокольню, без запинки прошагав все 180 ступеней, и на минуту остановились на верхней площадке, чтобы перевести дух... Безмолвно было теперь на колокольне, даже галки и голуби разлетелись по полям за наживой. Но через несколько мгновений колокольня оживет, наполнится гулом, гулом наполнятся ее лестницы и вся ее пустая внутренность, погруженная в полумрак: колокольня заговорит со всею окрестностью всем знакомым, внятным языком...

Оставалось только связать веревку. Пустое дело... Если веревка оборвалась высоко, как именно и случилось теперь, если с пола площадки нельзя было достать до нее, то для этого слепые брали доску и клали таким образом, что один ее конец оставался на полу, а другой поднимался на перила деревянной решетки, ограждавшей пролеты. Доска, значит, оставалась в наклоненном положении. Один из братанов становился на доску, на тот ее край, который лежал на полу, а другой братан — чаще всего Вася — осторожно поднимался по доске с костылем в руках, идя до самого ее края, высовывавшегося за решетку и висевшего в воздухе; затем, также осторожно, он поднимался на цыпочки и связывал оборвавшуюся веревку. Конечно, положение было очень опасное, рискованное, но опасность уменьшалась тем, что Вася уже привык к этому лазанью, был очень осторожен, и притом голова у него не могла закружиться, так как он не видал под своими ногами страшной пропасти. Старик живо представлял себе это положение, боялся, не надеялся на себя и поэтому не более двух раз лазил на край доски, да и то закаялся, а Васю уговаривал быть как можно осторожнее...

Если бы наши звонари могли видеть, то они, наверное, остановились бы на минуту и, облокотившись на деревянную решетку, полюбовались бы на блестящую картину, открывавшуюся перед ними с высоты колокольни. То была большая картина, созданная несравненным художником — природой... Ясные, сияющие небеса — без тени, без единого облачка — кротко синели над мирной деревенской стороной. Солнце лило на землю потоки света, и в золотистых лучах его рощи и луга ярко зеленели, окропленные росой. Воздух дышал свежестью, легкий перелетный ветерок приносил с собой с полей и из лесов аромат цветов и трав. Река в своих крутых берегах казалась синим стеклом, вставленным в изумрудную оправу. Ни малейшей ряби не замечалось на воде... Это синее стекло то блестело на лугу, то пряталось за разросшимися кустами густых ив, то снова показывалось далее и, наконец, уже окончательно скрывалось в лесу. С одной стороны с колокольни виднелись селенья, над ними кое-где из труб вился дымок, с прочих сторон расходились леса — и теперь, в тихий утренний час, они стояли неподвижны и безмолвны, как леса сказочного спящего царства.

Слепые не могли видеть прелестной картины, развертывавшейся перед ними на несколько верст... Поднявшись на площадку и переведя дух, они тотчас же принялись за дело. Вася ощупью нашел доску, приподнял ее и одним краем положил на перила решетки. Эта доска уже не раз служила им свою службу.

— Батя! Наступи на доску-то! — крикнул Вася.

Старик ощупью нашел доску и встал на ее край, лежавший на полу площадки. Старик сгорбился, уперся руками в колени и даже как-то присел слегка — для того, чтобы как можно сильнее отнести доску на свою сторону, чтобы доска — храни Бог! — как-нибудь не дрогнула, не шевельнулась под тяжестью юноши, когда тот ступит на доску и пойдет по ней. Наступил? — спросил Вася, немного погодя. Наступил! Полезай, — промолвил старик.

В ту же минуту старик заслышал какой-то шорох, но

чувствовал, что Вася еще не ступил на доску. А шорох между тем все продолжался, как будто кто-то двигался по доске. Бедный старик! Если бы он мог видеть в те минуты, когда спокойно стоял, упершись руками в колени, то ему представилось бы такое зрелище, от которого у него волосы встали бы дыбом, в глазах померкло бы от ужаса и сердце захолонуло... Старик увидал бы, что он стоял вовсе не на той доске, по которой шел юноша, — стоял на другой доске, неизвестно когда, кем и зачем положенной тут, то есть в том же самом направлении, в каком обыкновенно слепые клали доску, когда связывали или поправляли веревки, протянутые от колоколов. Злая случайность!

Юноша той порой медленно, шаг за шагом подвигался по доске, подвигался совершенно безбоязненно, как всегда, не предчувствуя, что идет на верную смерть, что с каждым мгновением, с каждым шагом он подвигался к роковому концу. Он шел, как всегда, с закрытыми глазами. Как всегда, лицо его было спокойно, на щеках играл румянец, и легкая улыбка мелькала на его губах. Он уже заранее предвкушал то наслаждение, которое обыкновенно испытывал, звоня на колокольне. Вдруг ему почудилось, что доска как будто слегка дрогнула, шевельнулась под ним...

— Держись, батя! Я иду! — крикнул Вася.

— Иди, иди, голубчик! Не бойся! — промолвил старик, изо всей мочи упираясь ногами в доску.

Старик не чувствовал, что он своими словами посылает юношу на смерть. А между тем Вася был так близко от него, старик мог бы еще схватить его за рукав рубахи и спасти... Вася шел по доске босиком, шагов его было почти не слышно, — раздавался только какой-то неясный шорох. Старик думал, что Вася еще только прилаживается ступить на доску, и ждал. А Вася той порой подходил к концу доски, а вместе с тем и к концу своей жизни.

Он сделал последний шаг...

— Вася! Ты что же... — начинает старик.

В тот же миг с легким шумом доска моментально перевернулась — и несчастный юноша вместе с нею стремглав полетел вниз с двадцатисаженной высоты...

Старик слышит глухой шум, слышит, как Вася задыхающимся, не своим голосом вскрикивает: "Батя!", слышит, как что-то мягкое валится вниз, стукается по пути о колокольные обрезы и, наконец, грузно падает наземь. И потом — все тихо, страшно тихо... Только слышно, где-то близко воркуют голуби: вероятно, на крыше колокольни, да жаворонок поет далеко над полями. Старик выпрямляется и, тяжело дыша, прислушивается с минуту. Сердце его замирает, колени трясутся, а взгляд мутных, широко раскрытых, ничего не видящих глаз его как-то бессмысленно, беспомощно погружается в пространство.

— Вася! А Вася! — дрогнувшим голосом шепчет старик, изо всей мочи напрягая свой тонкий, изощренный слух.

Но ответа нет, по-прежнему все тихо...

Старик пошатнулся. Холодный пот выступает на его лбу, а все лицо его вдруг покрывается мертвенною бледностью. Он ничего не видит, — ужасное, невыносимое положение! Он не понимает, что такое случилось, но уже чувствует, что на колокольне произошло что-то недоброе, совершилось что-то страшное...

Он машинально наклоняется, ощупывает доску, ощупывает ее всю, до конца — Васи нет, вокруг него пусто... Старик застонал.

"Сорвался!" — мелькает у него в голове.

Но он никак не может понять, каким образом Вася, идя по доске с костылем, идя по ней уже не в первый раз, при всей своей осторожности, мог сорваться... Произошло что-то необъяснимое. Вася еще не вступал на доску. Старик готов побожиться, что он еще не чувствовал, чтобы Вася шел по доске. И вдруг он исчез... Но куда же он мог деваться? Упал?

В полубеспамятстве, тяжело дыша и весь вздрагивая, старик спустился с лестницы и, не найдя дома ни сторожа, ни его старухи, охая пустился бродить около колокольни. Старик не помнил, как он спустился с лестницы и долго ли бродил около стен колокольни, он только помнит, что нога его вдруг наткнулась на что-то мягкое. Он опустился на колени, шарит рукой, ощупывает... Да. Это — Вася... Это — он! Старик потрогал его голову, лицо, грудь... В груди что-то еще дрожало, билось... И горько-горько зарыдал бедняк, склонившись над телом своего несчастного товарища, своего неизменного друга. Какая-то теплая липкая жидкость приставала к рукам старика. Это — кровь, его кровь...

Под ярким утренним солнышком, под голубыми сияющими небесами, лежал Вася, не дыша, неподвижно, как подрезанный колосок. Все тело его было размозжено. Его бледное, помертвевшее лицо и шея были покрыты кровью. Жизнь уже отлетела из этого разбитого, изувеченного тела... но лицо Васи и в смерти было так же спокойно и прекрасно, как и при жизни.

Чтобы понять все горе старика, нужно было видеть, с каким отчаянием ползал он около холодевшего трупа дорогого ему человека, какими горькими слезами обливал он шелковистые белокурые волосы, теперь запятнанные кровью, как целовал он его в бледный лоб, в закрытые глаза, в уста и в щеки... нужно было послушать, с какими трогательными словами обращался он к бездыханному, бесчувственному телу, и с какой болью срывались с его запекшихся губ эти слова, полные ласки и беззаветной любви...

— Дитятко мое милое! Красное ты мое солнышко! — тяжко всхлипывал он своим старческим, надрывающимся голосом. — Радость моя! Голубчик! Сердечненький мой... И не пожил, не порадовался... Охо-хо!

Одна только мысль и была в его голове — мысль о том, что он навсегда потерял Васю. Только одно чувство — чувство одиночества, чувство невыразимой скорби терзало его сердце, словно разрывало его на клочки.

Услыхали его стоны, сбежались люди, подняли слепого и унесли в сторожку.

Старик, как убитый, сидел на лавке, свесив голову на грудь и опустив руки, как плети. Только порой он покачивал головою и с горечью шептал про себя:

— Ой, дитятко, дитятко мое милое!

Невозможно было без слез смотреть на него. Еще горше становилось, когда старик с лихорадочным оживлением принимался заботиться о том, чтобы получше нарядили покойника. И Васю нарядили в его праздничную розовую рубаху, чистыми холщовыми онучами обвили ему ноги и обмотали их веревочкой, новые лапти надели. Старик, надрываясь от печали, сам примочил ключевою водою волосы покойника, сам старательно расчесал их своим роговым гребнем. Расчесав их, он не выдержал — приник своею седою головою к голове покойника, прильнул губами к его мягким, шелковистым волосам — и зарыдал тяжко, безутешно. Словами не высказать горя...

На третий день Васю похоронили... Старик вдруг притих, ни на что не жалуется, не плачет, сидит да молчит, только, казалось, еще пуще сгорбился; потемнело его страдальческое лицо. По целым часам, молча, просиживал он на могиле своего друга "Васеньки", и только тихо вздыхал. По ночам сторожиха слышала, как он бредил — звал Васю или переживал еще раз во сне страшную сцену на колокольне и успокаивающим тоном повторял: "Иди, иди, голубчик! Не бойся!" Не раз ночью он просыпался и окликал своего товарища: "Вася, ты спишь? Вася! А, Вася! Ты где?" А потом, придя в себя, вспомнив о своем одиночестве, он опять валился на свое жесткое ложе и тихо-тихо плакал.

Однажды он сказал сторожу:

— Смотри, Иван... Когда я помру, положи меня вместе с Васей — в одну могилку. На земле мы были "неразлучники" — и в земле разлучать нас непочто!

— Ладно, ладно, дедушка! — говорил Иван. — Сделаем в твое довольство...

Через восемь дней после смерти Васи не стало и старика. Он умер тихо, неслышно, словно заснул.

Сторожиха утром пришла к нему в каморку и нашла его на лавке. Старик сидел перед столом, положив на стол руки и на руки опустив голову.

"Вот у места спать улегся"... — заметила про себя сторожиха.

Она хотела разбудить его и уложить на постель — подошла, взяла его за плечо, а плечо уже холодно... И в ту же минуту, как сторожиха пошевелила его, его голова скатилась с рук и тяжело стукнулась о стол...

Исполнили последнюю волю старого слепого.

Разрыли еще свежую могилу Васи и на его гроб поставили гроб старика. Высокий бугор насыпан над ними. Иван сам смастерил большой деревянный крест — белый, сосновый, блестящий и без всякой надписи водрузил его на могиле. Хороший крест — лет десять простоит он! А надпись... Зачем она? Разве кто-нибудь станет отыскивать могилу наших братанов!

Каморка в церковной сторожке на время опустела, а затем опять поселились в ней какие-то убогие.

Прошли года. Общая братская могила уже опустилась, заросла травой. Весной жаворонок поет над нею. В каждый праздник над погостом в свежем утреннем воздухе по-прежнему звонят и гудят колокола, наполняя звуками своих медных гортаней ближние и дальние окрестности. Зычными своими голосами торжественно поют колокола и над могилой братьев-слепцов, так любивших при жизни их звон и гул...